敵の名は、宮本武蔵

木下昌輝

角川文庫
22050

目次

敵の名は、宮本武蔵

有馬喜兵衛の童討ち

（一）

甲冑《かっちゅう》に身を包んだ有馬喜兵衛《ありまきへえ》は、砂浜を削るようにして駆けていた。背後からは、従者たちの息遣いが聞こえてくる。苦しげで、今にも有馬喜兵衛から置いていかれそうになっている。

左手には、有史以来何度も噴火したという九州雲仙普賢岳《うんぜんふげんだけ》がそびえ立つ。裾野《すその》には沼地が広がり、その中央を南北に走る畷《なわて》（道）では、万余の軍勢がぶつかっていた。有馬喜兵衛らがいるのは、沼地を迂回《うかい》する砂浜だ。

ちらりと右手を見ると、湾には十数隻もの軍船が浮かぶ。島津《しまづ》家・有馬家連合軍の船だ。岸を舐《な》めるように北上していた。

船の腹からは無数の櫂《かい》が突き出し、ムカデを思わせる。先頭をいく一際大きな船の上には、二門の大筒が神体のごとく鎮座していた。時折雷鳴のような音と共に火を噴き、弾丸は走る有馬喜兵衛らの上空を一瞬で通過した。
九州覇者・龍造寺《りゅうぞうじ》家の軍が沼地に足をとられ、大混乱に陥っている。そこへ目が
け、北上する船から大筒の砲弾が放たれる。
地響きと共に、土と人が吹き飛ぶ様子が遠目に見えた。旭日《きょくじつ》を象《かたど》った龍造寺の旗
印が、今にも地に倒れ伏しそうだ。
半刻《とき》（約一時間）ほど前、全軍に下された下知が、有馬喜兵衛の頭に蘇《よみがえ》る。
『九州の桶狭間《おけはざま》と心得《か》よ。雑兵は捨てろ、狙うは総大将の首のみだ』
口の中で舌打ちを嚙《か》み潰《つぶ》す。
味方を搔《か》き分け沼地を進むよりも、遠回りした方が敵の本陣に早くつけると有馬
喜兵衛らは算段したのだが、想像以上に敵軍の崩れが早い。
今年で数えの二十七歳、早く大きな手柄をたてなければならぬ。
にもかかわらず、後ろに続く従者たちの足音は有馬から剝がされるように小さく
なりつつある。叱咤《しった》しようとして後ろを向くと、顔を歪《ゆが》ませた足軽や小者たちの姿
が眼に入った。
鹿島新当流《かしましんとうりゅう》免許皆伝の有馬喜兵衛とは、そもそも体力が違う。彼らも必死なのだ。
部下たちが遅いのではない、と言葉を飲み込んだ。

かといって、この歩みでいい訳がない。

焦燥が心臓の鼓動を速める。

もう一度、首だけを後ろに向けた。そして無理遣《や》りに大きな笑みをつくる。

「おおい、我が家が短命の家系なのは知っておろう」

有馬喜兵衛の言葉に、従者たちは俯《うつむ》きがちな顔を上げる。

「その歩みでは、敵の本陣につく前に儂《わし》も父と同じ膈《かく》の病（胃癌）でくたばってしまうぞ」

花開くように、従者たちの顔に笑みが広がった。少しだが、確かに歩調が速くなる。

「ようし、その意気だ。それ、右をみろ。味方の船に追い抜かれるなよ」

返事のかわりに、従者たちは砂を蹴《け》る脚を強めてくれた。

一行に負けじと、海上の船も風を食《は》んだ帆を大きく膨らませている。

砂粒が汗だくの顔を化粧する頃になって、潮で風化した蔵が有馬喜兵衛の目の前に現れた。崩れかかった壁の隙間から、人影のようなものがチラリと見え、隠れる。

それもひとつでなく、いくつも。

有馬たちの視線から逃れるような動きだった。

「危のうございます。伏兵がいるやもしれませぬ」

老いた槍《やり》持ちの従者が、有馬喜兵衛の進路を阻んだ。

確かに、と思った。

もし火縄銃を持って蔵に潜んでいれば、あと十歩も進めば射程に入る。

かといって、狙撃《そげき》を警戒しつつ斥候を出す暇はない。もはや龍造寺の旗のほとんどが地に伏し、島津・有馬の旗が力強く前へと進んでいる。

畿内《きない》では、天下統一の機運が高まっていると聞く。織田《おだ》家を傀儡《かいらい》とした羽柴秀吉《はしばひでよし》が、柴田勝家《しばたかついえ》を滅ぼしたのは昨年のことだ。下克上がもはや遠い過去になりつつあることは、九州にいる有馬喜兵衛たちにも感じられた。

手柄をたてる機は、もう多くは巡ってこない。なにより、有馬喜兵衛の父と祖父は四十になる前に膈の病で死んでおり、短命の家系だ。

「進め」と下知しようとして、老いた従者の顔が目に入った。

祖父の代から仕える槍持ちで、昨年、待望の息子が生まれたと喜んでいた。老いてできた子がよほどかわいいのか、のろけてばかりだ。

もし、伏兵がいれば自分だけでなく多くの者が手負い、何人かは命を落とすだろう。そう思うと、進軍を命じることはできない。

では、むざむざと手柄をたてる機を逃すのか。

気合いと共に、有馬喜兵衛は刀を抜く。

残光が、視界に心地よい線をひいた。

刃《やいば》と向き合うような位置に刀を持ってくる。鹿島新当流、御剣《おんけん》の構えだ。邪念を斬り払い、無心へと誘《いざな》うと言われている。

困難に遭遇した時、この構えをすると有馬喜兵衛の心は不思議と落ち着いた。

皆の視線が集中するのを感じる。戦場ではまだ大きな武勲はないが、二十歳になるまでは剣術修行に明け暮れた。剣の腕前は、主君の有馬晴信《はるのぶ》も認めるところだ。

「よし、狼煙《のろし》は上げられるか」

御剣の構えを解きつつ訊《き》くと、「は、火種はあります」とすぐに返答が来た。

味方の軍船を見つつ、さらに指示する。

「狼煙を上げて、鏑矢《かぶらや》を蔵に目がけて放て」

狼煙と鏑矢は、大筒の掩護《えんご》を求める合図だ。

「なるほど、大筒で蔵ごと吹き飛ばすと」

「当たらなくてもいい。伏兵がいるなら、音に驚いて逃げ出るはずだ」

すぐさま白い狼煙が一本空へと昇り、同時に矢も放たれた。先端にある鏑が、赤子が泣くような音をたてて蔵の上を通り過ぎる。

ちょうど蔵の方を向いていたのか、間髪をいれずに大筒二門が火を噴いた。

「やった」と叫んだのは、老いた槍持ちだった。吹き飛ぶ壁や柱に混じって、人間の手足のようなものも見えたのだ。

有馬一行を邪魔するかのように道に降り注ぐが、飛び越せばいいだけの話で、障害というほどのものではない。

「行くぞ」と吠《ほ》えて、有馬は走り出した。

駆けつつ、おかしいと思った。妙な胸騒ぎがする。完全に崩壊した蔵の横を過ぎようかという時、有馬喜兵衛の足に何かが引っかかった。

転がったものを見て、思わず顔の筋肉が硬くなる。ちぎれた人間の腕だった。

蹴った腕が大人のものではないことに気づかされる。足が止まり、立ち尽くす。

手足や首が散らかっていた。

そのひとつを手にとる。人参《にんじん》ほどの大きさは赤子の足だった。

恐る恐る横を向く。倒壊した蔵に目をやる。そこには、十歳になるかならぬかの童たちが折り重なっていた。胴体がちぎれ、成長しきっていない腸《はらわた》が飛び出している。

前髪もとれていない首が、コロコロと転がっている。

ひとつの骸《むくろ》へと目が吸い込まれた。年長の子だろうか、十二、三歳と見える。手に紙を持っていた。まだ乾ききっていない墨で踊る人々の絵が描かれている。

戦さに怯《おび》える童たちを、絵であやしていたのだろうか。

そう思った瞬間に大筒の轟音《ごうおん》が響いた。はるか先に着弾したにもかかわらず、有馬喜兵衛の足が激しく震える。

染料のような赤い血が、色をつけるかのように少年の持つ紙に飛び散っていた。

朱と黒が、戦いあうように絡みあう。

（二）

薄暗い小屋の中では、「丁」や「半」といった掛け声が乱れ飛んでいた。播磨《はりま》国（兵庫県）平福《ひらふく》村の小さな賭場《とば》には、男たちが連なっていくつもの輪ができている。

その中のひとつに、有馬喜兵衛は体を紛れ込ませていた。

皺《しわ》の増えた指で銭を摑《つか》み、「丁」と叫んで放り投げる。

呆《あき》れた声で言ったのは、喜兵衛の横でしなだれかかる馴染《なじ》みの遊女だった。長い髪を手でもてあそんでいる。

「また、丁かい」

「うるせえ、おめえは黙っていろ」

一瞥《いちべつ》だけくれて、有馬喜兵衛は壺《つぼ》振りへと目を戻す。

ゆっくりと壺が持ち上がる。目は、二と三の半だった。

賭《か》けた銭が、空しく回収されていく。

有馬喜兵衛は、今、武士の身分を捨てていた。

きっかけは、九州の桶狭間と呼ばれる、島原沖田畷《おきたなわて》の戦いだ。蔵に隠れた童を大筒で誤って撃ち殺した有馬喜兵衛の悪評は、瞬く間に九州中に広まった。〝童殺し〟という不名誉な渾名《あだな》と一緒にだ。

小禄《しょうろく》とはいえ、主君・有馬晴信の遠戚《えんせき》だったことも不興をかった。有馬の名を汚したとして、家中から追放されたのだ。悪名は各地に知れ渡り、喜兵衛の仕官はなかなか叶《かな》わなかった。

在野の武芸者として一流派をたてようとも考えたが、剣が汚れると言って誰も喜兵衛と立ち合ってくれない。また、そんな彼のもとに弟子が集まる訳もない。

童殺しという渾名を背負ったまま、空しく月日だけが過ぎ、いつしか寒村を渡り歩く博徒へと身をやつすようになった。そして、ここ播磨平福村へと流れついたのだ。

大きな勝負の決着がついたのか、背後で大歓声が沸き起こった。喝采《かっさい》と和するように、水滴が屋根を打つのに気づく。

「雨かよ」と、呟《つぶや》いた時、みぞおちあたりに鈍い痛みを感じた。思わず顔をしかめて、手をあてる。唾《つば》を呑《の》み込むようにして、こみ上げてくる吐き気を無理遣りねじ伏せる。

そういえば、父と祖父が膈の病で死んだ時も、同じような痛みを訴えていた。

銭を摑んで場に賭けようとしたが、手が震えて上手《うま》くいかない。遊女がさり気なく、掌《てのひら》の中に銭を落としてくれた。

「そういえば、あの子は大丈夫かしら」

喜兵衛の肩に頭を預ける遊女が呟いた。

「あの子だと」

「ええ、ここへ来る前に広場に高札があってね。見た事もない坊やが突っ立ってたんだ。まだ、あのままなら濡《ぬ》れちゃうね」

横から博徒のひとりが口を挟んできた。

「喜兵衛、気をつけろ。この村に来て四年目だろう。こいつが新しい男が欲しくなる頃だ。若い男に乗り換えられないようにしろよ」

一座がどっと笑う。女は少し眉間《みけん》を曇らせたが、何も言い返さずにまた髪をいじりはじめた。

「高札には、なんと書いてあった」

喜兵衛は遊女に訊いてから後悔した。この女は銅銭に書かれた〝永楽《えいらく》通宝〟の漢字以外は、自身の名前の文字さえも知らないはずである。

女は気にも留めていないようで、相変わらず髪を指に絡ませている。喜兵衛の興味はすぐに輪の中央で弾む賽《さい》へと移った。

膝《ひざ》の前に積んでいた銭が半分ほどの高さになった頃、突然、博徒たちの笑い声が止んだ。ひとりふたりと、首を同じ方向に捻《ひね》りはじめる。

入口に、ひとりの男が立っていた。喧嘩《けんか》慣れした博徒たちが一斉に黙りこみ、闖《ちん》入者《にゅうしゃ》を凝視し出す。

一瞬、喜兵衛は甲冑が服を着ているのかと勘違いした。それほどまでに男の筋肉は逞《たくま》しい。柱のように太い手足は、尖《とが》った剛毛にびっしりと覆われている。鉄を削ってできた仮面を思わせる浅黒い顔相、眼球はひび割れたように血走っていた。

男はゆっくりと一歩を踏み出した。近くにいた何人かが腰をずらして道をつくる。狼が自分の縄張りを確かめるかのように、賭場を大股《おおまた》で歩いていた。

「何者だ。奴は」

博徒のひとりに、喜兵衛が訊く。

「昨日から、この賭場に来るようになったよそ者よ。あんたも名前は聞いたことがあるだろう、奴が宮本無二斎《みやもとむにさい》よ」

手に持っていた銭を、強く握りしめてしまった。

宮本無二斎――通称、無二。

備前美作《びぜんみまさか》（岡山県）を支配する宇喜多《うきた》家重臣・新免《しんめん》家に、この人ありと言われた武芸者だ。十手と長刀を左右に持つ、変則二刀流の遣い手だ。

十手といっても、無二が持つのは鉄の棒でできた捕物道具のことではない。十字槍の穂先のように、三方に鋭利な刃が飛び出た古流十手である。

もともとは「美作の忠犬」とも称される忠実な剣士だったが、主君新免家の側室と密通した家臣の討伐で、卑怯《ひきょう》な闇討ちをして以来、家中を出奔し「美作の狂犬」と蔑まれるようになったとも聞いている。

人の輪を断つかのように、宮本無二はまっすぐに歩く。大小ふたつの十字の形をしたものが、首から掛けられていた。団扇《うちわ》ほどの大きさのものは、古流十手だ。左右と下方に伸びる三つの刃には、革製の鞘《さや》がつけられている。重なるように、小さな十字も揺れていた。

喜兵衛は半眼で、正体を探る。手裏剣だろうか。いや、違う。

あれは……。

宮本無二の首からぶら下げられていたのは、切支丹《きりしたん》衆徒の証《あかし》であるクルスだった。故郷の九州では切支丹は見慣れていたが、この男ほどクルスがそぐわぬのも珍しい。まさか、無二が切支丹とは思えない。きっと、斬り殺した武者から奪ったものに違いない。そう、喜兵衛は見当をつけた。

「邪魔するぞ」

無二は、喜兵衛のいる場所に座りこんだ。懐から銭を鷲摑《わし》みに取り出し、賽銭でも放るように投げる。

「丁だ」

命令するかのような声を発して、博打《ばくち》への参加を宣言する。

「なら、儂は半だ」

「よし、儂も半にのった」

「丁で受けてたってやる」

沈黙を塗りつぶすように、人々が場に銭を投げる。追いかけるように、喜兵衛も賭けた。博徒たちの威勢に応《こた》えるように、雨脚がさらに強く激しくなる。

十数度の勝負を経て、客の三分の一ほどが入れ替わった頃だった。喜兵衛の肩に頭をのせていた遊女が、首を持ち上げる。

「あら、あの子だよ。高札の前に立っていたのは」

喜兵衛は、入口を見た。いつのまにか、全身ずぶ濡れの男が立っている。雫《しずく》が、ポタポタと袖《そで》や袴《はかま》から垂れていた。濡れた着衣は体に張りつき、男の肉付きを浮かび上がらせている。贅肉《ぜいにく》の少ない体軀《たいく》は細いが、しっかりとした筋肉があることが見てとれた。

「童はどこにいる」と口にしたのは、その男がもう大人ほどの背丈で、子供には見えなかったからだ。しかし、体とは違い、顔には骨っぽさがなく、ふくらみのある頰にはかすかに朱がさし、長い首は喉仏《のどぼとけ》をつくらんとしていた。

顔だけで判別すると、まだ十二、三歳のようだ。事実前髪はとれておらず、元服には達していない。

少年は足音も立てずに歩く。左脚の脛《すね》には赤い布がまきつけられており、雨のせいで結び目がほどけそうになっていた。青黒い痣《あざ》が、ちらちらと喜兵衛の視界に映る。

やがて、少年は宮本無二の背後へと立った。

この時、喜兵衛は少年が右手に樫《かし》の木刀を握りしめていることに気づく。それも、通常の木刀よりも一回り以上も太く長いものだ。

これほどの木刀を童が振るうことができるのか、と訝《いぶか》しんだ。それが可能な者を思いだそうとしたが、数人の兄弟子の名前しか浮かばない。

体は濡れているが、木刀とそれを握る手は乾いている。

賭場に入る時に、その部分だけを布で拭《ふ》いたのか。一体、何のために。

転がる賽を見つめていた宮本無二が口を開く。

「弁助《べんのすけ》、遅かったな。首尾はどうであった」

博徒たちの注意が、弁助と呼ばれた少年へと注がれた。

「いえ、今日も立ち合えませんでした」

少年が口を開いた刹那《せつな》、宮本無二の懐から閃光《せんこう》が発せられた。

博徒のひとりが「ひい」と悲鳴を上げる。

前髪のかかる額を、光が貫いたかに見えたのだ。

事実、喜兵衛の目にもそう映った。

それが残像であったことを、少年の背後の壁が教えてくれている。

短刀が深々と突き刺さっていたのだ。

わずかに上半身をひねった姿勢の少年。佇《たたず》まいは、先程とほとんどかわらない。

いや、もともと鋭かった眼光だけに異変があった。わずかだが確実に、険しさを増したのだ。

一方の無二は、再び賽へと目を移していた。もう、少年には微塵《みじん》の興味もないようだ。

さっさと去れ、とばかりに手を振る。

少年は殊勝にも頭を下げるが、握る木刀が歯ぎしりするかのように音を立てた。

「まさか、お主、童に金を無心させたのか」

弁助少年が賭場から出ていってから、喜兵衛は問いつめる。

「高札の前に立たせたのは、恵みを乞《こ》うためか」

だが、無二は口端を持ち上げて笑うだけであった。

　それから三回ほど賽が転がり、少なくない銭のやり取りが終わってから、宮本無二は浅黒い体軀を持ち上げた。また人の輪を分断するように歩き、賭場を去る。

「あの親子は狂ってんだよ」

　賭場の胴元が賽を指で弄《もてあそ》びつつ、喜兵衛に語りかけた。

「小僧が立てた高札を読んだか。ありゃ、恵みを乞うなんて生易しいもんじゃねえ」

　真剣での生死無用の勝負を望む、と高札には書かれているらしい。

「生死無用だと」

「ああ、正気の沙汰《さた》じゃねえぜ」

　どういうことだ。体は大きいとはいえ、まだ元服もしていない子供ではないか。

「宮本家の家訓だとよ。〝武芸者の首ひとつをもって、元服の儀となす〟ってな」

　隣に座る博徒が、首筋をピシャピシャと叩《たた》いた。

「何でも数えで十三の歳に、六度目の満月の夜が明けるまでに首をとんなきゃなんねえらしい」

　胴元の男は賽を指で弾《はじ》く。それは力なく転がって、喜兵衛の膝に当たった。

「六度目の満月だと。ということは、あと十日もないではないか」

　活気を取り戻そうとしていた場が、再び沈みこむ。

「次の満月までに、弁助とかいう小僧が首をとれなかったらどうなるんだ」

胴元は指で壁に刺さった短刀を示した。根元近くまで刺さった刀身には、かすかに赤いものが見える。あるいは、弁助少年の頬をかすっていたのかもしれない。

「そんときゃ短刀でなく、刀で頭をまっぷたつだろうな」

首を突き出して、胴元は小声で続ける。

「しかも首なら何でもいい訳じゃねえらしい。いっぱしの武芸者の首級しか認めねえとよ」

胴元はこめかみを指で強く押した。

「逆にいえば、女子供老人は安心ってことだ。痛《い》てえっ」

博徒のひとりが遊女の太ももを触ろうとして、手の甲を叩かれていた。

「この村にも武士や浪人がいるだろう。あの童から、勝負を挑んではこないのか」

ちなみに、有馬喜兵衛が鹿島新当流免許皆伝の兵法者だとは誰も知らない。どこか遠くから来た、逃亡百姓の喜兵衛だと皆は思っている。

「さあな、そんな度胸がないのか、声をかけられぬほど内気なのか。あるいは、これはと思う強《つえ》ぇ相手がこの播磨平福村にいないのか」

胴元の声に、「博打なら負けねぇけどな」というヤジが入り、どっと笑いが湧き上がった。

「案外さぁ」

ぼんやりとした口調で発したのは、喜兵衛の隣の遊女だ。

「あの坊やは誰も殺したくはないんじゃないかい」

皆の視線が遊女に集まった。

「馬鹿いえ、あの狂犬の息子だぞ」

「おめえも、奴が高札の前に立つ鬼気迫る姿を見たろう」

「血を求めるように、一心不乱に木刀を振ってやがった」

「儂が見た時は、何かを地面に書きつけてやがった。きっと、どうやって首を掻っ切るかを思案してるんだ」

遊女は男たちの言葉には何の反応も示さない。かわりに、しがみつくように喜兵衛の腕を抱いた。

「違うよ。あの坊やは誰も殺すつもりはない」

博徒たちの嘲笑《ちょうしょう》が、遊女の言葉を否定する。にもかかわらず、呟くように続けた。

「でなけりゃ、あの子は自分の手で父親の首をとろうと思ってるんだよ」

小声だったので、喜兵衛以外には聞こえなかったようだ。

賭場の笑いはさらに甲高く太くなる。気のせいだろうか、喜兵衛の腕を抱く遊女の手の震えが増している。

（三）

昨夜の雨を含んだ土はぬかるんでいた。有馬喜兵衛の一歩一歩を大地に刻むために降ったかのようだ。

もうすぐ陽が落ちようとしていて、空が徐々に血の色を纏《まと》おうとしている。有馬喜兵衛が向かうのは、宮本弁助が立つという広場だった。途中で道ではなくて、木陰を伝う。

最初に目に入ったのは、長い影法師だった。木に隠れる喜兵衛には、弁助の姿は見えない。踊るような影法師の動きから、木刀を一心不乱に振っていることだけはわかった。頭で翼のように跳ねるのは、前髪か。かつて大筒で撃ち殺した童たちの姿が頭にちらつき、首を激しく振った。

やがて陽は完全に沈み、影も闇に没する。それでも木刀が風を切る音だけは聞こえてきた。喜兵衛は目を閉じて、耳をすます。

振り続けて何刻になるのだろうか。少なくとも喜兵衛が来てから、半刻（約一時間）以上は経っている。にもかかわらず、弁助の太刀筋が乱れる気配はない。万軍の敵にひとりで挑むかのような気迫が、木刀のうなりから伝わってくる。

（四）

有馬喜兵衛は、筵《むしろ》にくるまって遊女と寝ていた。何度か寝返りを打ったのは、戸が荒々しく叩かれたからだ。思わず、首を持ち上げる。

「おい、客じゃねえのか」

遊女の肩をゆすると、「もう、朝だろう。おっぱらっておくれ」と言い捨てられた。

寝ぼけ眼をこすると、確かに壁の隙間から陽光が差し込んでいる。

「うるせえよ。もう客はついてんだ。夜まで待ちな」

入口に声をかけると、戸を叩く音がピタリと止んだ。

「その声は、有馬喜兵衛か」

思わず起き上がった。

「やっと見つけたぞ。儂だ。若き頃に共に修行した遠山《とおやま》だ」

「と、遠山様ですか」

喜兵衛は叫びつつ、遊女を飛び越した。入口に駆けよる。つっかい棒を急いで外した。戸を開こうとする手が震えている。

戸口には十数人の男たちが立っていた。

一番先頭の武芸者の顔は忘れるはずもない。共に鹿島新当流を修行した兄弟子だ。腰にある刀を見る。刃渡り二尺七寸（約八十センチ）にも及ぶ得物を腰に差している。神道由来の鹿島新当流は反りの少ない刀をつかうのが特徴だが、この男は〝物干し竿《ざお》〟の異名をとる反りの全くない直刀を自在に操ることで知られていた。

「お久しゅうございます。ご健在のようで何よりです。十年、いや二十年ぶりでございますか」

口にしてから、遠山が隻眼であることに気づいた。昔はそうではなかった。きっと、度重なる立ち合いで失ったのだろう。

「まったくよな。まさか、こんなところでまみえるとはな」

思わず、顔が歪む。兄弟子の声には、隠しきれぬ刺《とげ》が含まれていたからだ。遊女を見られぬようにと、喜兵衛が後ろ手で戸を閉めようとすると、一通の書状を突き出された。

「なんですか、これは」

視線を遠山の顔に移すと、兄弟子は不快そうに隻眼を歪ませる。

「師匠からの文だ」と、胸に押しつけられた。話の接ぎ穂がなく、仕方なく書を開いた。文字が、弾丸のごとく目に飛び込んでくる。

「こ、これは、どういうことでございますか」

顔を上げると、兄弟子たちは背を向けて去ろうとしていた。

「お、お待ちください」

腰に抱きつくようにして、引き止めた。

「どうして、どうしてでございます。なぜ、拙者が新当流を破門されなければいけないのでございますか」

腕に力をこめるが、兄弟子の足が止まる気配はなかった。膝をするようにして引きずられる。

「どけっ」という声とともに、横腹につま先がめり込んだ。思わず手を放し、うずくまる。いつのまにか、遠山が引き連れていた十数人の男たちに囲まれていた。

「童殺しの悪行を犯した男に、新当流を名乗らせると思うか」

投げつけられた言葉に、喜兵衛の体が凍りつく。

「そうよ。しかも、遊女と放蕩三昧《ほうとうざんまい》とはな。武人の風上にもおけぬ振る舞いよ」

恐る恐る喜兵衛は顔を上げた。兄弟子の隻眼に冷たく見下ろされる。

「本来なら首を落としてやるところだが、我らは忙しい」

兄弟子は言葉を吐き捨てた。

何人かが「そうとも、斬ってしまっては刀が汚れるわ」と、同調の声を上げる。

「何より、我らはこれから仇《あだ》討ちという大仕事があるゆえな」

ビクリと肩が震えたのは、己自身が密《ひそ》かに童たちの縁者から襲われるのではないかと恐れていたからだ。

「貴様に破門を言い渡すためだけに、こんな山村まで来ると思ったか。我らの目的は宮本無二の首をとることよ」

思わぬ名が出たことで、喜兵衛は仰《の》け反《ぞ》った。

取巻きたちは、課せられた使命を誇るかのように、鼻だけでその様子を笑う。

「奴めは、我が刎頸《ふんけい》の友、本位田外記《ほんいでんげき》を卑怯にも騙《だま》し討ちした」

遠山の目が吊《つ》り上がる。

「それだけではない」と、吠えたのは後ろに控える男たちだ。

「奴は、美作後藤《ごとう》家の我らが仲間を、兎でも狩るように嬲《なぶ》り殺した」

無二の主《あるじ》・新免家は、宇喜多家に仕える前は美作後藤家に属していた。後藤家が宇喜多の大軍に攻められた時に、新免家はわずかな援軍しか送らず見殺しにしたという。以来、新免家を仇《かたき》と思う後藤家の残党は多い。特に宮本無二は、後藤家の残党狩りで名を上げたと評判だ。遠山に従う男たちは、後藤家ゆかりの武士なのだろう。

「聞けば、無二めもこの村にいるという。まさか、これだけの人数で貴様に破門状を渡しにくると思っていたのか」

言葉を矢尻《やじり》のように喜兵衛に突き刺してから、兄弟子は踵《きびす》を返す。ぞろぞろと従者たちが後に続く。喜兵衛は、その様子をただ見ていることしかできなかった。

（五）

「ねえ、あんた、これ何て書いてあんだい」

昼を過ぎてやっと起き出した遊女が、先程の書状を指でつまみ上げた。

「何でもねえよ。ただの時候の挨拶《あいさつ》のようなもんだ」

瓶《かめ》から汲《く》んだ柄杓《ひしゃく》の水を飲み干してから、喜兵衛は答える。

「字の読めねえ、お前にはいられねえだろ」

書を取ろうとすると、遊女が手を後ろへとやって邪魔をした。意地の悪い笑みが顔に張りついている。さらに腕を伸ばす。今度は遊女の抵抗がなかったにもかかわらず、掌が空を切った。

虚空に伸ばした指と腕が、己の意志とは関係なく小刻みに震えている。

臓腑《ぞうふ》の底から、得体の知れぬ憤りがせり上がってきた。

「ふざけてんじゃねえ」と叫ぶのと、「大変だ」と博徒たちが飛び込んでくるのは同時だった。

「仇討ちだ。宮本無二が襲われた」

兄弟子の来訪があった喜兵衛は驚かない。

怒りの残滓《ざんし》を吐き出すように、荒々しく息をつく。

「そうか、よかったじゃねえか。無二が死ねば、あの坊主も助かるだろう」

己の言葉が、砂を食んだかのように口の中でざらつく。

鹿島新当流免許皆伝の己が、少年ひとりを救うのに人頼みとは……。水が入った瓶に、自身の頭蓋《ずがい》を叩きつけたい衝動に駆られた。

「違う、逆だよ」

破門状をちらつかせて遊んでいた遊女の手が止まる。

「いま、何と言った」

博徒たちへと目をやる。顔が青ざめていることに、今さらながら気づいた。

「全滅だ」

ドクンと心の臓が鳴った。

「旅の武芸者は十人以上いたが、みんなやられちまった」

山道には十数体の骸が折り重なっていた。首や手足があちこちに散乱している。大筒を打ち込まれたのかと錯覚しそうだが、野菜でも斬ったかのような一直線の断面は間違いなく刃物によるものだ。

ひとりだけ、五体が切断されていない者がいた。息もかすかにある。

「おい、大丈夫か」

駆け寄った喜兵衛は、呻《うめ》き声を上げた。兄弟子の遠山の隻眼が潰されていたのだ。

血の臭いがする息を盛んに吐き出しているが、それも徐々に弱まりつつあった。

腹に深々と一刀を刺した痕《あと》があり、そこから血が噴き出している。

決闘の証人として、あえてすぐに死なぬ傷を与えたことは一目瞭然《りょうぜん》だった。

「遠山様、有馬です。有馬喜兵衛でございます」

耳元で叫ぶと、兄弟子は太い眉を蠢《うごめ》かせた。

「おお、まさか助太刀に来たのか」

肯定も否定もできず、ただ兄弟子の手を取る事しかできない。

「よ、よせ。貴様で……は、敵《かな》わん。に、逃げろ」

開いた口から真っ赤に染まった歯が見えた。

「ひとりだからといって、侮るな。逃げるのは……恥ではない」

ということは、これだけの人数を無二がひとりで返り討ちにしたということか。

「儂は悔しい」

遠山の顔が激しく歪み、潰された眼孔から血が迸《ほとばし》った。

「これだけの人数がいながら……すまぬ、外記」

末期の言葉を、兄弟子は最後まで言い尽くすことはできなかった。力を失った掌が急に重さを増し、喜兵衛は取り落としそうになる。

あわてて腹のところで抱きかかえた。

胸と腹にかすかに残っている兄弟子の温《ぬく》もりを両掌で包みこむようにして、喜兵衛は歩いていた。

高札が掲げられている広場についた。

少年の姿はない。飯か、あるいは用でも足しているのだろうか。

ゆっくりと高札へと近づく。少年が立ちすくんでいた辺りで歩みを止める。土が踏み固められていた。一体、何度木刀を振るえばこうまで硬くなるのか。

手で大地を撫《な》でる。土に何かが描かれていることに気づいた。先端に泥がついた細い棒も転がっている。

土に刻まれていたのは、絵だった。犬や狸や兎などの獣たちが着流しや小袖を着て、楽しそうに踊っている。

表面を軽く——絵が消えないように撫でた。誰が描いたか考えるまでもない。少年を気味悪がって、高札の周囲には誰も近づいていないはずだ。

瞼《まぶた》をゆっくりと閉じる。頭に浮かんだのは、十数年前、殺してしまった童の手に握られていた絵だった。

臓腑から吐き気がせり上がってくる。呑み込もうとしたが、無理だった。押し返すように、胃の中身が喉を逆流する。耐えきれずに、手をついて口から吐き出した。

「畜生」

言葉を地に落とす。かろうじて少年の絵を汚さなかったのが、救いだと思った。

激しい目眩《めまい》を感じた。

嘔吐《おうと》したものに、赤いものがいくつも混じっていたからだ。

血だ。

父と祖父も同じ症状だった。腹の痛みをしきりに訴え、嘔吐物に血が混じるようになってからは、すぐに寝たきりとなり、一年ともたずに死んでしまった。

有馬喜兵衛は手を握りしめる。かすかに残っていた兄弟子の温もりは、いつのまにか消えていた。

（六）

太陽が昇る半刻ほど前に、有馬喜兵衛は筵をめくって起き上がった。隣では着衣をはだけ、白い肌をあらわにした遊女が寝ている。上下する細い肩が、一瞬止まったような気がした。

喜兵衛は息を殺して、寝床から出る。隠していた荷を持ち、細工をした刀を腰に差した。

「どこへ行く気だい」

戸に手をかけようとした時に、背後から声をかけられた。

「なんでもねぇよ。目が覚めちまったから、風に当たりに行くのさ」

鼻で笑われる音がした。

「弁助って小僧と立ち合う気なんだろ。あんた、死ぬつもりかい」

強い声ではなかったが、打擲《ちょうちゃく》されたかのように心の臓が悶《もだ》える。

「な、なにを馬鹿なことを言ってるんだ」

「じゃあ、なんで刀を刃引きしたんだ」

思わず腰に差した刀に手をやってしまった。細工を見られていたのだ。喜兵衛は弁助の絵を見た後に、長刀の刃を潰してナマクラに変える細工を施していた。

「大方、あの弁助って小僧に立ち合いを挑んで、わざと負けてやろうと思ってるんだろう。万が一にも勝たないように、刃に細工したんだろう」

振り向くと、遊女の目が己に向けられていた。火縄の銃口を思わせる黒い瞳《ひとみ》が、喜兵衛を射貫《いぬ》く。

笑い飛ばそうとしたが、舌がもつれて上手くできなかった。遊女は眼光を強めつつ、口を開く。

「あんたの親父と祖父《じい》さんは膈の病でくたばったんだってね。もう先は短いんじゃないのかい。最近のあんたの咳《せき》を聞いてたらわかるよ」

「遊女風情が、わかった風な口をきくんじゃねえ」

瞬間、女の眉間に深い皺が刻まれる。

「舐めんじゃないよ。遊女だからこそ、わかることがあるのさ」

女の瞳には真剣味が満ちていた。

「あんた、戦さ場で年端もいかない餓鬼を殺しちまったんだろう」

「なんだと」

おかしい。この村の人間には、その話はしていないはずだ。

「知らないと思ったのかい。あんた、あたしと寝るたびにうなされていたんだよ。あんたが何をして、ここまで来たかなんて、とっくに承知なんだよ」

女のふたつの瞳は、今や大筒のように巨大な圧を伴っていた。

逃げるようにして女に背を向け、戸を開け放つ。

「馬鹿野郎」という声が投げつけられた。

構わずに足を進める。

遊女が追いすがる気配がする。

「うぬぼれるな。止める気なんかないよ」
ガタリと木板に人の体が当たる音がした。
「せめて、別れの挨拶ぐらいしていけ。それでも男か」
女の罵声《ばせい》を背で受け止めて、走る。
背後から、さらに何かが聞こえてきた。
女のすすり泣く声だ。足や腰にまとわりつき、喜兵衛の心を湿らせる。
立ち止まり振り返ろうかと躊躇《ちゅうちょ》したのは、一瞬だけだった。
そうすれば、きっと覚悟が揺らぐ。
歯を食いしばり、遊女の声を引き剝がした。
目の前の山からは、陽が昇ろうとしている。
朝日に身を投じるように、有馬喜兵衛は駆け続けた。

(七)

有馬喜兵衛は鈍器となった刀を腰に帯びて、少年と向き合っていた。昇る太陽が、ふたりの影をどんどんと短くしている。

久方ぶりに、鹿島新当流の稽古着《けいこぎ》を身にまとっていた。神職用の白衣にたすきを掛け、下半身は黒袴で覆われている。額には二重に巻いた鉢巻きをきつく締めていた。

腰には大小二本の刀。長刀は刃引かれているとはいえ、重さはほとんど変わらない。

一方の弁助少年は、樫の木刀を片手に持ち佇んでいる。もろ肌を脱いで露出した胸板には、結露したかのように汗があちこちに浮かんでいた。

「鹿島新当流……、有馬喜兵衛。立ち合いを願う」

刀を抜きつつ言うと、弁助は顔をしかめた。稽古を中断されたことを怒るかのようだ。

構わずに喜兵衛は刃引きの刀を目の前にかざし、御剣の構えに入る。

おかしい、と思った。

いつもなら己に向けた刃先が、邪念や迷いを断ち切ってくれるはずなのに、今日は違う。

心拍は一定せず、呼吸も乱れていた。

突然、視界に影が走る。

顔の前にかざしていた刀が、手で摑まれていた。盛り上がった拳《こぶし》とは対照的に、長くしなやかな指が絡みついている。

弁助少年が木刀を持っていない手で、無造作に刀身を握ったのだ。

「何をする。気でも狂ったのか」

刀の向こうに見えたのは、眉を撥《は》ね上げた少年の怒りの形相だった。

「ふざけるな」

一喝と共に、弁助が握る手に力をいれたのがわかった。突風に吹きつけられたような衝撃と共に、手から刀がもぎ取られる。

地面を刃引きの刀が跳ね、転がった。

弁助は、自身の掌を確かめさえもしない。ナマクラであると一目で見抜いていたのだ。

「童だと思って舐めるな。玩具《おもちゃ》で立ち合いたいなら、遊女にでも相手をしてもらえ」

躊躇なく、背を向けた。

「待て、弁助」

叫ぶが、少年は振り返らない。

「止まれ、振り向いてくれ、儂と戦ってくれ」

よろめく足で喜兵衛は近寄ろうとした。

「己が欲するのは武芸者のみだ」

弁助の言葉が、すがりつこうとした喜兵衛の動きを止めた。深い堀を眼前に穿《うが》たれたかのように、喜兵衛は足を前に進めることができない。

少年は高札を無造作に引き抜く。

どこへ行こうというのだ。

高札を膝で叩き折る動作から、弁助が何かの覚悟と共に平福村を立ち去ろうとしていることを悟った。

「頼む、儂と立ち合ってくれ」

哀願しても、板を叩き割る動作は止めない。

「待てっ」と喉が爆《は》ぜるほど絶叫すると、少年は動きを止めた。

願いが届いたのではない。弁助は、背中ごしに異変を感じ取ってくれたのだ。

それを成したのは、喜兵衛が唯一持つ凶器だった。腰に残った脇差を抜き、己の腹に深々と突き刺していたのだ。

血の香を感じ取った弁助が、振り返る。

喜兵衛は、ゆっくりと己の体内から刀身を引き抜いた。

「ナマクラで立ち合おうとしたことは謝ろう。子細があり、貴殿と手合わせを願いたい」

血に濡れた脇差を腰の帯に挟み、鉢巻きを解いて腹に巻きつけた。ささやかな血止めだ。数合も打ちあえば腸は裂けてしまうだろう。もとより、悠長に渡り合うつもりはない。

「勝っても死ぬぞ」

弁助はポツリと口にした。目は、喜兵衛の腹に巻かれた鉢巻きを見ている。身につけた白衣が、急速に湿り気を帯びるのを感じた。今、下を向けば真っ赤に染まった腹が見えるはずだ。

「もう余命が少ない。病に殺されるぐらいなら……」

喉の奥から血がせり上がり、続きを言えなかった。弁助は顔を伏せて、暫時《ざんじ》黙考する。

「頼む。武芸者として、鹿島新当流の有馬喜兵衛として殺してくれ」

意識して放った言葉ではなかった。

喉を這《は》い上がる血が叫ばせたかのようだった。

ゆっくりと弁助が顔を上げる。

視線がぶつかった時には、双眸《そうぼう》は溶けた鉛を思わせる熱を伴っていた。

「宮本無二斎が嫡男、宮本弁助」

ゆっくりと前へと一歩を踏み出してくれた。

激しい気迫に、喜兵衛の体軀が歓喜に震える。

腕は先程と同じくダラリと下げて、片手で木刀を握るのみだが、かすかに沈んだ重心が闘志を雄弁に物語っていた。

「ありがたい」

喜兵衛は懐から書状を取り出す。兄弟子に突きつけられた破門状だ。血がついた刀身を紙で拭き取り、風に飛ばす。

もう、一寸の迷いも微塵の邪念さえもなかったが、刃を己に向けた御剣の構えをとった。少年へのささやかな返礼だった。

「鹿島新当流、免許皆伝、有馬喜兵衛」

構えを解くと同時に、大きく踏み込んでいた。

頭上で唸《うな》りを上げる刀の音が懐かしい。

が、刃が斬ったのは、虚空だった。

少年が後ろへと飛んでいる。

退いたのか、いや、避《よ》けたのか。

違う、と激しく否定したのは喜兵衛の本能だった。長大な木刀を振り上げる弁助の片腕が目に入った。

――奴は間合いをとったのだ。


己の頭蓋が大筒の砲弾に変じたかと思った。

轟音が鳴り響く。

激しく歪む視界から、頭を木刀で叩き砕かれたのだと理解する。

歯を食いしばると、骨がひしゃげる音がした。まだ、地に伏してはいないはずだ。

せめて、最後にもう一太刀。

そう思ったところで意識がとんだ。


いつのまに倒れていたのか、青い空しか見えない。雲ひとつない天に白いものが舞っているのは、鳥だろうか。それとも、先程、刀身を拭いた時に裂けた破門状だろうか。

砂を噛む草鞋《わらじ》の音がする。徐々に大きくなり、近づいてくる。

「弁助よ、よくぞ、成し遂げた」

宮本無二の声だった。

「見事とは言うまいぞ。だが、窮鼠《きゅうそ》の一太刀が恐るべきは儂がよう知っている。この有馬とか申す男の首を以《もっ》て、元服を許す」

弁助の気配はするが、声は聞こえてこない。なぜ、黙っているのか。

親子の様子を探ろうとしたが、首がピクリとも動かない。

「これより弁助の名は捨てよ。廻国《かいこく》行脚し、大敵を求めよ」

無二は続けて、大人の名乗りと諱《いみな》を少年に言い渡した。

中天に達しようとする太陽を嘲笑《あざわら》うように、有馬喜兵衛の視界が暗くなる。

闇の中から、遊女の顔が浮かんでくる。白く細い指で、黒い髪を梳《す》いていた。

名を呼びかけ、別れを言おうとした。

どうしたことだろうか。朦朧《もうろう》とした意識が、馴染みの女の名前を思い出させてくれない。しまい場所を忘れた書状のように、記憶のどこかに隠れてしまっている。

——宮本武蔵《むさし》

懸命な意識の呼びかけに浮かんだのは、少年の大人の名乗りだった。

「武蔵、達者でな」

思い出せない遊女の名前のかわりに、有馬喜兵衛はそう呟いて、闇の中へと没した。

クサリ鎌のシシド

（一）

シシドが連れて来られたのは、寒風吹きすさぶ広場だった。

柵《さく》に囲まれており、牛や馬と一緒に同い年くらいの十歳に満たぬ童たちがいる。

柵の外の草むらには、折れた槍《やり》や旗指物が墓標のように突き刺さり、野犬や狼たちがうなり声をあげながら首を突っ込んでいた。

持ち上げた口には、人間の腕が咥《くわ》えられているではないか。

大人の男たちもいるが、馬や牛の肉付きや骨格を見て、値段をつけるのに夢中だ。

飛び交う数字を、シシドはぼんやりと聞いていた。

「次は餓鬼どもの番だ。一列に並ばせろ」

家畜の値付けが終わったのか、一団の長である男が吠《ほ》えた。

顔の下半分を、熊を思わせる黒い髭《ひげ》が覆っている。シシドの周りにいた少年少女たちが恐る恐る並ぶ。それを待ちかねていたように、囲う木柵に、カラスたちが一羽二羽と止まりだした。

「いいか。名前と齢《とし》を言え。物書きや学問ができる奴は正直に言えば、買い取りの値が高くなるからな。嘘はつくなよ。そういう悪い子は捨てていく。カラスの餌だ」

髭面の首領の言葉がわかったわけではないだろうが、カラスたちがけたたましく鳴いた。木柵に取りつくカラスは、いつのまにか数十羽に増えていた。物欲しそうな目で、シシドたち少年少女を見ている。

一際強い風が吹いて、シシドは激しく震えた。歯がカチカチと鳴る。垂れる鼻水が唇を濡《ぬ》らし、しょっぱい味が口の中に広がった。

「いいかぁ。売られるからって悲観するな」

手下たちが少年少女の名前と値段を帳面に記す横で、髭を震わせて首領が叫ぶ。

「あの羽柴筑前《はしばちくぜん》様（豊臣秀吉《とよとみひでよし》）でさえ、二貫文（二千文）で童の頃に売られたって話だ。せいぜい早く買い手がついて、羽柴筑前様のように出世してくれ」

首領の戯《ざ》れ言《ごと》に応《こた》えたのは、手下たちの笑い声だけだった。

「字は知っているか。なら、ここに書いてみろ」

痩《や》せた少年のひとりが手下に言われる通りに、指で何かを地面に書いている。

「ほう、運がよかったな。文字が書けなけりゃ、お前なんか値もつかねえ。捨てるとこだったぜ。まあ、七十文ってとこか」

後ろで控えるシシドの息が苦しくなる。自分の枯れ枝のような腕を見る。今の少年と同じくらいで、さらに背はもっと低い。何より、シシドは文字を知らない。自分の名前さえ書けない。

「よし次だ」

シシドは背中を乱暴に突かれて、先頭へと押し出された。帳面を持つ手下が顔を歪《ゆが》める。

「さっきからゴボウみたいな餓鬼ばかりじゃねえですか。売れるまで食わせることも考えて攫《さら》ってきてくれなきゃ」

「仕方ねえだろぅ」

手下の言葉に、首領は唾《つば》を吐き捨てた。

「こいつらは攫ったんじゃない。南蛮人から硝石を買おうとしたら、童も買えってよ。足元見て、売れない餓鬼を押しつけられた」

手下も首領の言葉に納得するしかない。

顔をしかめて、シシドに向き直った。

「まあいい。文字は書けるか。地面に知ってる字を書け」

シシドは首を横に振る。

「名前も書けねえのか」と言われ、頷《うなず》く。

「数字も駄目か」と訊《き》かれ、恐る恐る「はい」と答えた。手下は指をつきつけた。その先を見ると老いた馬が横たわっている。病でも患っているのか、あちこちの毛が抜けて皮膚が見えていた。

「お前はあっちだ。残念だったな」

シシドと老馬は取り残された。人買いの一団の姿が小さくなるのを、ただ黙って見ることしかできない。関節が外れるかと思うほど、体が震えている。灰のような雪がちらつき始めた。毛の抜けた老馬の息が、徐々に弱くなっていく。

思わず、しゃがみこんだ。震える指を使って地面に線を引く。南蛮人に教えてもらった動物の姿を描く。そうしていないと、不安でシシドの小さな体が押しつぶされそうだった。

「待て」と、怒号が響いた。

あわてて顔を上げる。小さくなった一団から、ひとつの影が走り寄ってくる。長い髪が揺れているのがわかった。

「止まれ。止まらぬと撃つぞ」

手下たちが火縄銃を構えている。しかし、シシドのもとへと駆け寄る少女の足が止まることはない。落雷のような銃声が響き、シシドは思わず尻餅《しりもち》をついた。少女も前のめりに地面に倒れる。

白煙を吐き出す火縄銃と共に、男たちが駆け寄ってくる。少女はゆっくりと起き上がり、膝《ひざ》から血が滲《にじ》んだ足を動かす。やがてシシドの側までやってきた。

右目の下に泣きボクロがある。柔らかく細い顎《あご》の輪郭が、奇麗な子だなと思った。背はシシドより頭ふたつ分ほど大きいから、ひとつかふたつ年長だろうか。

「さあ」と手を差し伸べられた。シシドは白い肌を凝視する。

「逃げるの」と訊くと、少女は哀しそうに首を横に振った。

「逃げても、生きていけない。一緒に戻ろう」

大人びた口調で少女は言い、シシドの手をとる。凍えていた体が、そこだけ温かくなり思わずシシドは盛大に鼻水を啜《すす》った。ふと、少女は足下を見る。シシドの描いた絵を目に留めたようで、「これは何」と訊く。

鼻が長く耳が大きな獣が描かれていた。

「象だよ。けど、まだ途中なんだ」

象が何のことかわからなかったようで、少女は首を傾げる。

シシドの描いた絵を踏みつけたのは、丸太のように太い足だった。恐る恐る目を上げると、髭面の首領が歯茎を見せつけるように嘲笑《あざわら》っている。

「この子も連れていきたい」

シシドを強く抱きしめて、少女は言ってくれた。

「逃げたわけじゃないって言いたいのか。まあ、いいさ。餓鬼どもが犬や猫を拾ってくることもある。それと同じだ」

首をひねって列へ戻れと首領は命令した。

「だが、そいつの飯はねえぞ。貴様の分を分けてやれ」

少女の背中に罵声《ばせい》が叩《たた》きつけられた。

「いいの」と訊くと、少女は頷いた。

「ねえ、帰ったら、また続きの絵を描いてよ」

シシドは後ろを振り向いて、地面の絵を見た。首領の足跡で踏みにじられ、ほとんど消えかかっている。

あんなものを描くだけでいいのだろうか。けど、自分にできることは他に何も思い浮かばない。

シシドはゆっくりと頷いた。

「本当に。嬉《うれ》しい。ねえ、あなたの名前は何。私は千春《ちはる》。千に季節の春と書くの」

そう言われても、シシドにはどんな文字かは想像もつかない。ただ、抱きしめられた肩や背中が春の日差しのように温かく、いい名前だなと思った。

（二）

まだ穂をつけていない稲が茂る田んぼに、シシドは足を踏み入れた。朽ちた草鞋《わらじ》はたちまち泥水を吸い、重たくなる。小柄なシシドが中腰になれば、体のほとんどが稲の中に隠れた。腰に手をやると巻きつけた縄と鎌が指に触れる。鎌を抜いて握りしめ、稲の根元に刃をやろうとした時だった。

悲鳴のような音が空に響いた。

矢叫びの音だ。

敵に見つかったのだと、シシドは悟った。稲から顔を上げると砦《とりで》から足軽たちが出て、矢を雨のように放っている。シシドの前後左右に矢が次々と飛来する。

「恐れるな」

怒号がして、振り返ると濃い髭を震わせる男が仁王に立っていた。

「お前たちは大人と違って的が小さい。当たりはせん。飯が欲しければ、稲を刈れ」

矢がかすりもしない距離で、首領は腕を振って進めと指示する。

シシドたちは、合戦の雑役に駆り出されていた。実りきっていない敵地の稲を刈るという、単純だが危険の多い仕事だ。

「だめだよ。これ以上、進めない」

泥の上に寝そべりながら、仲間のひとりが叫ぶ。見れば、矢が深く刺さって死んだ童の姿もあった。つい一月ほど前に人買いに攫われた新入りだ。

震えを押し殺して、シシドは叫ぶ。

「おいらは行く。もっと深く近づいて、稲を刈るんだ」

そうすれば、飯を食わせてやると首領は言っていた。いつまでも、千春の厄介になりたくはない。腹一杯、ふたりで飯を食いたい。震える手で鎌を摑《つか》み、顔を泥に擦《こす》りつけるようにして、シシドは這《は》う。何本かの矢が体をかすめたが、構わずに進む。前後左右に矢が数十本も突き刺さるなか、シシドはガムシャラに鎌を振り回し、稲を刈り続けた。

　刈田働きが終わった頃、シシドは全身泥だらけになっていた。歩くたびに汚物のような雫《しずく》が道に落ちる。矢が刺さった童の屍体《したい》を乗り越えて、シシドは歩いた。

やがて、首領が騎馬の武者と談笑している姿が見えてきた。武者は立派な陣羽織を着ており、糸のように細い髭を指で弄《もてあそ》んでいる。一瞬、シシドを見て顔をしかめたが、すぐに視線を首領へと戻した。

「見事な働きぞ。おかげで足軽を失うことなく、稲を刈ることができた」

髭にやっていた手を懐にやり、武者は袋を取り出す。

「今少し力を貸せ。さすれば、城下で人買いの市を出す便宜をはかってやる」

武者は袋を投げつける。首領は中身をあらためて、すぐに手下に放り投げた。

「それはそうと、例の件、わかっているだろうな」

横柄な口調で、武者が問いかける。

「わかっております。今晩、間違いなく用意しておきます。陣にてお待ちください」

首領が髭を裂くようにして笑う。

梟《ふくろう》が鳴く夜の道を、シシドは歩いていた。千春や仲間たちのいる小屋を目指す。

腰にさした鎌の刃先が太ももをしきりに刺すが、両手は塞《ふさ》がっているのでどうしようもない。左右の手にはふたつの椀《わん》が握られているからだ。

湯気をたてる粥《かゆ》が、たっぷりと盛られている。刈田の働きが認められ、初めてもらえた飯が右手に、千春のためのものが左手にある。湯気の温かみに口元が綻《ほころ》び、太ももを刺す鎌の痛みなど苦にならなかった。

今日のように勇敢に働けば、いずれお前にも買い手がつくだろう。

そう首領に言われた。何より、少女から飯を恵んでもらわなくてもいいのが嬉しい。

「千春、千春」と、シシドは少女の名を呼びつつ歩く。

なぜか、仲間たちが眠る小屋には男しかいなかった。千春を捜して、武者たちのいる陣を徘徊《はいかい》する。

いつのまにか、両手に持つ椀はすっかり冷めてしまった。シシドたちを雇った国の足軽たちが、あちこちで篝火《かがりび》を囲っている。稲を刈られた敵の無能を肴《さかな》に酒盛りをしていた。会話から逃げるようにして、シシドは陣の外れへと進んだ。

陣幕が見えてきた。中の篝火が、ひとりの武者の影を映す。

ビクリとシシドの肩が跳ねた。

「助けて」という悲鳴が聞こえたのだ。

間違えるはずがない。千春の声だ。

「ちはるっ」という叫びに、「やめて」という声がかぶさる。

視線をやると陣幕に映る男の影の横に、小さな影もあった。長い髪が左右に激しく振られているのは、必死に抵抗しているからか。

「いや」という千春の声が鼓膜を揺らした時、シシドは駆けていた。手にはもう椀はない。かわりに泥がこびりついた鎌が強く握りしめられていた。

陣幕を撥《は》ね上げると、武者の裸の背中が見えた。横には陣羽織が脱ぎ捨てられている。四つん這いになって、何かを組み敷こうとしている。

脇の下から漏れたすすり泣きを聞いた時、シシドの小さな頭の中で怒りが爆《は》ぜた。

気づけば、鎌の刃先を深々と武者のうなじに突き刺していた。崩れる男の肩から、少女の顔が見える。流れる涙が、目の下のホクロを湿らせていた。

少女の薄い胸板に赤いものが振りかかる。

どのくらい、そうしていただろうか。

「殿、どうされたのですか。妙な音が聞こえましたぞ」

陣幕の向こうから人が近寄る気配がした。

シシドは我に返る。

「逃げて」という声が耳を打った。

見ると、千春が震えつつ「早く」と囁《ささや》く。

慌ててうなじに刺さった鎌を引き抜いた。拍子に屍体の首が回り、細い髭を持つ武者の顔が現れる。

「ち、ちはる」

血で温かくなった鎌を抱く。

「早く。あとは私が誤魔化すから」

震えながら頷いて、シシドは踵《きびす》を返す。陣幕を潜り抜けて走ろうとしたら、つま先に何かが当たった。粥の入っていた椀が目の前を転がり、柔らかく煮込まれた米粒が地にばらまかれる。

思わず掬《すく》い取ろうとした手が止まった。大人たちの声は数を増し、怒号や叫びがシシドの耳を襲ったからだ。「いたぞ」と声がした時、シシドは再び走り出した。白い飯を踏み躙《にじ》り、暗い森の中へと入っていく。

（三）

鶴の足のように細かった手足は、太くはないが逞《たくま》しくなっていた。握られた鎌の柄の先には鎖がつけられている。シシドが鎖を持つ手を振ると、頭上で分銅が風を切って旋回した。

「ふざけるな。百姓上がりのクサリ鎌遣いが、一刀流免許皆伝の赤井《あかい》十兵衛《じゅうべえ》の相手になると思っているのか」

シシドと対峙《たいじ》する武士は、勢いよく長刀を引き抜いた。上を向いた鼻が猪みたいだなと、呑気《のんき》なことを考える。長い刃先を見せつけるように構えたのは、威嚇のつもりであろうか。笑止だ。きっと山中の狼よりも簡単に息の根を止めることができるだろう。

人買いから脱走して、二十年ほどの月日がたっていた。人買いに捕まらぬように、シシドは山中を徘徊した。襲いかかる野犬や狼から身を守ったのが、鎌だった。いつしか鎌の柄には縄と分銅がつながるようになる。兎や鳥に投げつけて捕るためだ。村へ降りて、畑から野菜を盗もうとは思わなかった。

また人買いに見つかってしまうかもしれないと考えたのだ。

だが、ある時、村人と遭遇してしまう。襲いかかる狼十数匹を分銅つきの鎌で殺すところを見つかってしまったのだ。

逃げようとするシシドに、村人は「力を貸してほしい」と叫んだ。村に居座る落ち武者崩れを退治してほしいと言うのだ。

以来、シシドは村の用心棒となり、村を通る無法な武芸者や山賊などと戦ってきた。今、目の前にいるのもそんな男のひとりだ。旅の武芸者らしいが、詳しいことは知らない。殺した後は、村人が屍体を処分して、十数枚の銅銭をくれるだけだ。

「いやぁああ」

武芸者の発する奇声は無視する。それよりも回転する鎖に気を配った。

悪くない。

先日、溜《た》まっていた銭の半分ほどを出して、村人から鎖を譲ってもらい、もろい縄と替えた。これなら刀で切断される恐れはない。

男が一歩踏み出したのが、合図だった。回転する鎖を、掌《てのひら》から解き放つ。飛礫《つぶて》のように飛んだ分銅は、刀に絡まりたちまちのうちに巻きついた。

男の顔が一瞬にして強《こわ》ばる。

すかさず、シシドは縦横無尽に鎖を操った。

刀を奪われまいとする男は、右に左に弄ばれる。すでに武芸者は縄につながれた犬に等しい。

込めていた力を抜くと、男は無様に後ろに倒れた。

鎖を勢いよく引く。大根が地中から抜けるように刀が宙を飛んだ。

シシドは持っていた鎌の柄の端部に手をやる。鎖がつながっている金具を指で引き抜く。鎌と鎖が離れた。シシドの足が加速する。

起き上がろうとする男の首が、膝の高さにあった。あとは稲を刈るようにして、鎌を薙《な》げばいいだけの話だ。

「ま、待て。金をやる。助けてくれ」

男の頸動脈《けいどうみゃく》を切らんとしていた鎌の刃先が止まる。

「なんだって、今何と言った」

男は恐る恐る口を開く。上をむいた鼻の穴が、ピクピクと震えていた。

「あ、あんた村の用心棒だろう。一体、何文もらっているんだ。儂《わし》はその倍を出す」

そういえば、殺した武芸者や山賊から銭を奪ったことはなかった。

「時によって違う。十数文だ」

男は目を見開いた。

「ほ、本当か。ハハハ、冗談言うな」

「おいらは嘘はつかない。前に落ち武者を殺した時は、十と五つの銅銭をもらった」

男は何が不審なのか、激しく首を左右に振った。

「あんたは騙《だま》されているんだ」

「騙す？」

「そうだ。なあ、あんた儂と組まないか。負けた武芸者は、勝った方の弟子になるのが立ち合いの掟《おきて》だろ」

シシドは首を傾げた。そもそも山育ちが長いので、デシというものがどういうものかわからない。

「クサリ鎌、いいじゃねえか。あんたなら、きっと京の吉岡《よしおか》や大和《やまと》の柳生《やぎゅう》にも勝てる」

シシドが返事をしなかったのは、興味がなかったからだ。頸動脈に鎌の刃を触れさせた。たちまち、赤井十兵衛と名乗った男の顔から血の気がひく。

「人を殺し飯を食うだけの人生で満足なのか。名を上げたいとは思わないのか」

「思わない」と、感情を込めずに返答する。

「あ、あんたには、望みがねえのか」

望みと叫ばれて、刃先をそのままに視線を虚空に彷徨《さまよ》わせた。しばしの間黙考し、ポツリと呟《つぶや》く。

「ニカンモンだ」

「はあ、ニカン……文？　二貫文か。つまり、銭か。ただ、銭が欲しいのか」

「そうだ。ニカンモンで人を買い戻す」

羽柴筑前とかいう人は、後に太閤《たいこう》という天下人になったという。数年前に死んでしまい、その後大きな戦さが起こった。シシドも落ち武者狩りで村を守るのに大変だったことを覚えている。人買いの市で天下人がニカンモンで買えるなら、きっと千春も……。

赤井十兵衛と名乗った男は白い歯を見せていた。額にはびっしりと脂汗をかき目を戦慄《おのの》かせながら、わざとらしく笑う。

「いいじゃねえか。儂と組むんだ。そしたら、二貫文ぐらいの銭はすぐに稼がせてやる」

突きつけていた鎌の刃先を少しだけ離した。

「儂の言葉に嘘はねえ。その証《あかし》に、五十文やろう。銅銭五十枚だ。今よりずっといい報酬だろう」

男が指差す先に荷物があり、確かに銅銭の束が覗《のぞ》いていた。シシドは鎌を腰の帯紐《ひも》にさし、銅銭の束を摑んだ。ずっしりと手に重い。

ニカンモンとは、この束が果たしていくら必要なのだろうか。

（四）

シシドを中心に左隣に赤井十兵衛が座り、三十人に及ぼうかという手下たちがズラリと並んで宴会が始まる。

赤井十兵衛と組んでから、シシドの暮らしは一変した。村人から一日一椀もらっていた飯は朝夕の二回ずつ、山菜などの肴もつくようになった。武芸者や山賊が現れるたびに戦うのは変わらないが、命はむやみに奪うことはない。降参させた後に赤井十兵衛に任せる。

半分はシシドの弟子となり、半分は……、どうなったかは知らない。一回の立ち合いの報酬も百文近くに増えたことの方が重要だった。

立ち合いが終わった後は、今夜のように酒盛りをする。もっともシシドは酒が飲めないので、井戸水を盃《さかずき》に満たすだけだ。この世には茶というものもあるらしいが、赤井十兵衛が言うには毒だから飲んではいけないらしい。

「それにしてもシシド先生の強さは尋常じゃねえなあ」

酒で顔を赤らめた男が膝を大きく打った。

「ああ、最近じゃ、隣の隣のその隣の村にまで、シシド先生の噂が届いてるってよ」

「この勢いなら、いつか、京の吉岡、大和の柳生もぶっ殺せるぜ」

最近仲間になった大男が抜き身の刀を持ちつつ叫ぶと、みんなが同調の声を上げた。

「吉岡や柳生を倒せばニカンモンになるのか」

シシドの声に皆が急に黙りこんだ。目と目で会話するように、視線を彷徨わせる。

シシドは背後を一瞥《いちべつ》した。ヒビだらけの壺《つぼ》があり、中には銅銭千枚の束がふたつある。今までの立ち合いで必死に貯めたものだ。赤井十兵衛が言うには、まだまだニカンモンには足りないという。この壺がいっぱいになれば、イッカンモンらしい。だとしたら、あと何年、何十人の武芸者と戦わねばならないのだ。

赤井十兵衛が膝行《しっこう》で、シシドと対面した。

「シシド先生、吉岡と柳生と戦えば、間違いなくこの壺は銭で満たされましょう」

鼻の穴を見せつけるようにして、赤井は言う。

「されど、時期尚早。今は山道を通る武芸者を求めて腕を磨き、弟子を増やすのです。さすれば、向こうから戦いを求めてくるはず」

赤井十兵衛の言葉に、皆が一斉に頷いた。何かを誤魔化すかのような所作に見えるのは、気のせいだろうか。

「けど、シシド先生の言うこともわかんなくはねえな。最近じゃ、吉岡柳生だけじゃなく色んな武芸者の名を聞くじゃねえか」

そう言った男は、赤井十兵衛が呼び寄せたという親戚《しんせき》だ。体は熊のように大きいが小心者で、シシドが立ち合う時はいつも震えて仲間の陰に隠れている。

「ああ、全くだ。なかでも、宮本武蔵《みやもとむさし》って奴はえげつねえらしいな」

抜き身をかざす新入りが、忌々しそうに口にした。

「そいつの名なら儂も聞いたぞ。吉岡や柳生に匹敵するやも、と町でも噂らしい」

町か、とシシドは呟いた。シシドは村と山しか知らない。

「大和の宝蔵院《ほうぞういん》とも互角にやったらしい。次は吉岡を目指すってよ。この近くの町に逗留《とうりゅう》して、京へ上る準備をしてるとも聞いたぜ」

手下たちは、口々に宮本武蔵の噂を語り出す。これほどの剣名がありながら、弟子は十人に満たないという。あまりにも苛烈《かれつ》な打ち込みは一撃で命を奪うほどで、絶命を免れた数少ない敗者だけが弟子として生き永らえるという。

咳払《せき》いをして、手下の噂話を窘《たしな》めたのは赤井十兵衛だった。

「宮本 某《なにがし》とかいう男の話はもういい。それよりも、酒が切れた。村人からもらってこい」

新入りのひとりが、ドスの利いた声を発して小屋から出ていく。

「うるせえっ。つべこべ言わずに酒を持ってこい。肴も足りねえぞ」

すぐに外から怒声が響いてきた。何かが割れる音と悲鳴もする。シシドが腰を浮かそうとすると、赤井十兵衛が手で制した。

「最近は村人もつけあがっておりましてな。命を賭《か》ける我らに失礼な物言いも多いのです。なに、先生の手を煩わせるようなことはしませぬよ」

初めて立ち合った時のような下品な笑みを浮かべて、赤井十兵衛はシシドを座らせるのだった。

（五）

シシドはぼんやりと草むらに寝転んでいた。目の前の空には、雲がひとつ浮かんでいる。

ミヤモトムサシと、呟いた。弟子たちの噂話を思い返す。それほどの腕ならば、勝てば数百文になるのではないか。何より今、町にいるという。

町とは、一体いかなる姿をしているのであろうか。考えると、シシドの胸に奇妙な疼《うず》きが生まれてくる。

「畜生め」という声が聞こえてきた。首を持ち上げると、草むらの向こうで村人たちが話をしつつ歩いている姿が見えた。

「あいつら、好き勝手群れて暴れやがって」

「このままじゃ儂らは食い尽くされちまうぞ」

一体、誰の話をしているのであろうか。また狼か野犬が群れになって畑でも荒らしているのだろうか。

通り過ぎようとする村人の声に耳を傾けつつ、再び地に頭をつけた。

風が頬を撫《な》でる。陽光も温かい。

「このままじゃ、駄目だ。もう、限界だ」

悲愴感《ひそうかん》を増す村人の声に合わせるように、シシドの瞼《まぶた》も重たくなる。

「もっと強い……を雇って、退治して……おう」

微睡《まどろ》み始めたシシドには、もう村人が何を言っているかは理解できなかった。

目を覚ました時、すでに空は朱《あけ》に染まっていた。

今まで見たことがないくらい、大きな夕陽が山に沈もうとしている。眺めつつ、ぼんやりと座る。

京という都に名を轟《とどろ》かせる宮本武蔵のことを考えた。同時に、自分のシシドという名が、隣の隣のそのまた隣の村の見知らぬ人も知っているということを思い出した。

不思議な気分だった。胸騒ぎがするのに、不快ではない。

町へ行こう、と決心した。

理由はわからない。

ただ、もっと大きな世界を見たいと思う。それは願望というより、焦燥に近かった。

（六）

シシドはひとりで山の中の街道を歩いていた。貯めた半分の千枚の銅銭の束を腰に巻きつけ、クサリ鎌をその隙間に差し込んで進む。

やがて、赤い布を巻きつけた棒が見えてきた。シシドたちが逗留する村の境を示すものだ。振り返ると段々畑が小さく見える。遠くに崖《がけ》があり、その向こうにシシドたちの暮らす小屋があるはずだ。半分の銭を置いてきたのは、赤井十兵衛らに帰る意思があることを示すためである。文字の書けぬシシドなりの気遣いだった。

ひとつ息を大きく吐いて、シシドは村境の赤い布を踏み超えた。ジャラリと銭が鳴って、心に弾みをつけてくれる。

路地に並ぶ家々を見て、シシドは立ち尽くす。

黒光りする瓦《かわら》が屋根にびっしりとあり、ひとつひとつが寺の本堂のように立派だ。さらに驚いたのは、全ての家で商いをしていることだ。売っているのは米や野菜や魚だけではない。刀剣や鎧《よろい》、着物、菓子、器といったものが、店から溢《あふ》れ出そうとしていた。

器を売っている店をシシドは覗く。目を洗われるような色彩に心を奪われた。

通り過ぎる人々もそうだ。皆、立派な身なりをしている。

「すげえ、すげえ」と、呟きつつ歩いていると、物陰から手招く白い腕が見えた。

近づくと、口に紅を塗った女が微笑んでいる。

「お兄さん、どこから来たの。いい男じゃないか。遊んでいかないか」

シシドの顔ではなく、腰に巻いた銭を見つつ女は言う。遊ぶの意味がよくわからなかったが、シシドはついていった。橋を渡り、二十軒ばかりの屋敷をぐるりと囲む塀の中へと入る。

これは何を売っている店なのだろう。

道に面した座敷には、着飾った女たちが座っていた。彼女たちを値踏みするように、男たちがだらしない顔で覗きこんでいる。

ふと、シシドは足を止めた。ひとりの若者の後ろ姿に視線が吸い込まれたのだ。他の男と違い、その若者は左右からかかる女の声を無視して、道の中央を歩いていた。体は細身だが、しなやかで強靭《きょうじん》な筋肉で覆われていることは歩く様子で容易に理解できた。腰には使いこまれた二刀を差している。

「ちょ、ちょっと、どこいくのさ」

女が袖《そで》を引っ張るが、無視してシシドは若者の後を追った。伸ばした髪を無造作に束ねており、風を受けて柔らかく揺れている。

「そっちに行っても病気持ちの女しかいないよ。客をとれない女を抱くつもりかい」

構わずにシシドは進む。やがて、小さな広場に出た。中央で若者はしゃがみこみ、枝を持ち地面に何かを描き込んでいた。

それを女たちが囲っている。

なるほど、病気持ちの女か、と呟いた。

頭髪が半分以上抜けてしまった女や痩せて骨と皮ばかりになった者、できものが体中にある女たちが若武者を囲んでいる。

「唐瘡《とうがさ》（梅毒）にやられた女たちの住む小屋だよ」

シシドの袖を引っ張り続ける女が、そう教えてくれた。トウガサの意味はわからなかったが、童の頃に見た病んだ老馬の姿を思い出して、大体の見当はついた。

では、あの若者は病人相手に何をしているのだ。

「ねえねえ、次は蝶《ちょう》を描いておくれよ」

痩せ細った女にせがまれて、若者は地面に枝を走らせる。

「へえ、上手《うま》いもんだねえ。次は私たちの番だよ」

髪が抜けた女が、隣にいる頭巾《ずきん》で顔を隠した女の肩を抱いた。細身で折れてしまいそうなほど、華奢《きゃしゃ》だ。懐には黒いものが蠢《うごめ》いている。見ると、黒猫だった。赤い舌を出して、欠伸《あくび》をしている。器用に後ろ足で頬を掻《か》いており、左の後足の先だけが白い。

「ねえ、千春、あんた、何描いてほしいんだっけ」

頭巾で顔を隠した女は促されて、遠慮がちに「象」と答えた。

腕の中の黒猫が不満気に「ニャア」と鳴く。

「なんでもねえ、天竺《てんじく》にいる、とっても鼻の長い動物らしいんだ。知ってるかい」

黒猫を撫でつつ、髪の抜けた女は訊《たず》ねる。

若者は首をひねった。しばらく無言で考えた後に、枝を走らせる。

「アハハ、何だいこれは。これが象。滑稽《こっけい》な動物もいるもんだねぇ」

頭巾で顔を隠した女と、肩を抱き合って喜んでいる。つられて他の女たちも童のような笑声を上げた。

いつのまにか、シシドを誘った女は消えていた。

あの若者は、どんな絵を描くのだろうか。そう思うと、この場を離れ難かった。

突然のことだった。

うなじの毛がゾクリと粟立《あわだ》つ。

何者かがすぐ背後にいる。腰にある鎌に手をやろうとしたら、声がかかった。

「弁助《べんのすけ》、こんなところで何をしている」

灰色の口髭を蓄えた、壮年の男が立っていた。思慮深そうな顔とは対照的に、体つきは逞しく首や腕にいくつもの刀傷が走っている。腰には長い刀と十字槍の穂先のような古流十手を差していた。

握っていた枝の動きを止めて、弁助と呼ばれた若者が振り向く。

若い。まだ、二十歳を過ぎていないのではないか。大きく、つり上がり気味の眼に、筆で描いたような眉《まゆ》が凜々《りり》しい。

「青木《あおき》、童の名で己を呼ぶなと言ったろう」

敵を問いつめるような声に、困っていた女たちの顔からたちまち笑みが消えた。

青木と呼ばれた壮年の武士は、微風でも受け流すように髭をいじっている。

「ふん、儂は無二《むに》先生の一番弟子として、お主の世話をしろと言いつかっている。遊女小屋で暇を売る弟子など、弁助で十分だろう」

小さく舌打ちして、弁助と呼ばれた若者は立ち上がった。

「ねえ、明日《あした》も来てくれるんだろう。まだ、象の絵は途中だよ」

髪の抜けた女の問いかけに、ほんの一瞬だが弁助という若者の顔が陰った。

「わからん」

「わかんないってどういうこと。この子のために、描いてやってよ」

顔を頭巾で覆った女の肩を抱いて、若者に近づく。黒猫が胸から跳ねて、弁助の左脚に巻かれた布に頰をすりつけた。

しばらくの沈黙の後、若者は唇を動かす。

「生きていたら、必ず来る」

引き剝《は》がすように、遊女たちに背を向けた。

いつのまにか青木と呼ばれた武士の背後に、数人の若武者が立っている。襷《たすき》掛けや鉢巻きをして、今にも討ち入らんかという気迫を見せている。どうやら、弁助という男の弟子のようだ。

「待たせたな」と弁助が口にすると、白い歯を見せて一行は破顔した。シシドらに背を向けて、細い路地を男たちは闊歩《かっぽ》する。

「吉岡を倒す前の景気づけだ。村人を泣かす山賊どもをひねり潰《つぶ》してやろうぜ」

小さくなる背中とは対照的に、威勢のいい声は広場にまで聞こえてくる。

弁助たちがいなくなり、女たちもひとりふたりと広場から去っていった。シシドは弁助が描いた絵に興味があった。ゆっくりと近づいて、地面に視線を落とすが、人の影がさしてよく見えない。影はシシドの邪魔をするかのようだ。

首を持ち上げると、頭巾で顔を覆った女が立っていた。隙間から見える涼しげな瞳《ひとみ》を、どこかで見たような気がする。

女はシシドを凝視している。かすかに手足が震えているのは、病のせいだろうか。見つめる瞳が湿り気を帯び、水滴のような涙が浮かび始めた。

「おいらに何か用か」

問いかけると女は後ずさりし、慌てて背を向けようとした。頭巾の隙間から、右目が見える。ホクロが黒い星のようについていた。

「お、お前」

口走った言葉は、舌というより心の臓が発したかのようだった。背を向けて女は去ろうとする。

「ま、待て」

残っていた女たちがこちらを睨《にら》みつけた。黒猫も毛を逆立ててシシドを威嚇する。

記憶の中で、ある少女の顔が浮かぶ。長い髪とこぼれ落ち損ねた涙のようなホクロが右目の下にあった。

「千春」

逃げようとする女の肩が激しく震えた。

やはり、間違いない。

駆け寄ろうとして、足がもつれ前のめりに倒れた。残っていた女や騒ぎを聞きつけた男たちが壁をつくり、千春の姿はすぐに見えなくなった。

（七）

「奇異な因縁もあるもんよなぁ。小さい頃に同じ人買いに世話になったとは」

たるんだ唇に煙管《キセル》を持ってきて、男は言う。吐き出された白い煙が、正座をするシシドのもとまで漂ってきた。手を大きく振って煙をやり過ごしていると、隣に座る用心棒にジロリと睨まれた。

髭はないが、煙管を吸う男はどことなくかつての人買いの首領を思わせる。なんでも塀に囲まれた屋敷の集う町の元締だという。

ゴクリと唾を飲みつつ、シシドは腰に巻いた銭の束を前に差し出した。たちまち、元締と用心棒の目つきが変わる。

「何だ、これは。どういう意味かな」

視線をシシドと銭の間にせわしなく往復させつつ訊かれた。

「この銭で、千春を売ってくれ」

ふたりの眼が見開かれた。

「ハハハ」と笑ったのは、用心棒だった。

「あんた、阿呆《あほう》か。唐瘡で顔が潰れた遊女なんか銭を出さずとも……」

得意気に話す用心棒を睨みつけたのは、元締の男だ。「黙れ」と一喝して、口をつぐませる。ゆっくりと振り向いた男の顔には、先ほどとは違う笑みが一杯に広がっていた。

「お客様」と、うって変わった口調で話しかける。

「あの女めをお売りしたいのは山々ですが、実はあ奴めを欲しいと言う御仁が他におりましてな。ちょっと無理なご相談です」

「え」と声を上げたのは用心棒だったが、また睨まれて慌てて口に手をやる。

「そんな、お願いだ。おいらに売ってくれ。まだ銭はある。同じだけのものが、村へ帰ればあるんだ」

たるんだ唇の端が大きくつり上がり、白い煙が口の中から漏れる。

「わかりました。そこまでおっしゃるなら、手を打ちましょう。ただし心変わりされては、こちらの面目も潰れますので、明日の正午までに銭をお持ちいただく。この条件でよろしいなら、あの女はお譲《ゆず》りしましょう」

往復の距離を考えると、赤井十兵衛に相談する暇はないが、仕方がない。シシドは「か、必ず」と叫んで、額を床にすりつけた。

（八）

満天の星の下を、シシドは走っていた。一方の草鞋はもげかけているが、外す暇さえも惜しい。腰に差したクサリ鎌が揺れて、何度もずり落ちそうになった。

視界の先に、木棒の影が現れた。星明りが、先についた赤い布を照らしている。もうすぐだ、と思った時、ふらつく人影が見えた。酩酊《めいてい》したかのような足取りで歩いている。村境を示す棒に体当たりするようによろけ、傾かせる。

すでに限界まで動悸《どうき》していた心の臓が、激しく悶《もだ》える。大きな人影に見覚えがあった。赤井十兵衛の親戚だ。

駆け寄ると、額から血を噴きこぼしていた。崩れるようにして、シシドにもたれかかる。

「一体、何があったんだ」

男は血に濡れた眼球を向ける。

「や、やられた。村の奴ら、儂らを裏切った」

喋《しゃべ》っている合間も、額の傷口から血が溢れ出す。厚い頭蓋《ずがい》の骨を砕くとは、どれほどの力なのか。確かなのは、村の百姓には不可能な所業だということだ。

「誰なんだ。誰がやったんだ」

「み、宮本武蔵だ」

シシドは暫時《ざんじ》、息の吸い方を忘れる。

吉岡柳生にも匹敵する男が、どうして。

顔を上げて、村がある方角を見た。暗い段々畑が邪魔で様子はわからない。立ち上がろうとしたら、肩に手を置かれる。

「行っちゃ駄目だ」

血が染み、じんわりと首の根っこを湿らせる。

「奴ら十人に満たねえのに……。あんたでも敵《かな》わねえ」

ずり落ちそうになる手を、必死にシシドの体にしがみつかせて続ける。

「あんたを利用して、村から巻き上げたバチが当たったんだ。あんたは逃げろ」

口から赤い泡を吐きつつも、言葉を継ぐ。

「行くな。ぜ、銭は諦《あきら》めろ」

銭と聞いて、総身が激しく震えた。

息を引き取りつつある仲間を地に横たわらせる。腰にある得物を確かめ、握った。一気に引き抜いて、鎖を手に巻きつける。

村の方角を見た。

「おいらの銭には、誰にも手をつけさせねえ」

聞こえるわけもないのに叫ぶ。

「宮本武蔵だろうが、天下人だろうが、関係ねえ。あれはおいらの銭だ。千春を買い戻すためのものだ」

もげかけた草鞋を引きちぎり、シシドは死地へと走った。

（九）

真っ暗な小屋の中は無人だった。忍び足で壁際にある壺まで歩く。手を入れると、ひんやりとした銭の感触があった。

よかった、と思った。きっと、宮本武蔵たちは赤井十兵衛たちの小屋を首領のいるところだと勘違いしたのだろう。銭を腰に巻きつけていると、「おい」と声をかけられた。

恐る恐る振り向くと、入口にひとりの男が立っていた。抜き身の長刀を右手に、左手には十字の形をした奇妙な武器を握っている。どうやら、十手と刀の二刀流の遣い手のようだ。二振りの得物の先端から滴る雫は、きっと血だろう。

闇に慣れた眼には、星明りの下の顔はよくわかった。口髭を蓄えた壮年の武者だ。上品で優しげな目尻や口元の皺《しわ》とは対照的に、眼光は恐ろしく鋭い。

この男をシシドは知っている。

「シシドだな。ん、どこかで会ったか」

広場にいた青木という武士が、シシドの記憶を探っていたのは暫時の間だけだった。

「まあ、いい。弁助、もとい宮本武蔵が待っている。尋常に立ち合ってもらうぞ」

首を動かして、出ろと命令された。

シシドが素直に従ったのは、低い天井ではクサリ鎌の技が発揮できないからだ。青木の背中を用心深く追う。いつのまにか前後左右を武蔵の弟子らしき屈強の男たちに囲まれてしまった。向かっているのは、赤井十兵衛たちの小屋だろう。

果たして小屋が見えてきた時、シシドは呻《うめ》き声をもらした。地に三十体近くの屍《しかばね》が転がっていたからだ。青木はそれらを無造作に跨《また》いで、まっすぐに歩く。

シシドは、ひとつひとつの屍を迂回《うかい》する。皆、己の手下たちだ。一刀で額や首、腹を切り裂かれている。その中に赤井十兵衛の首も転がっていて、思わずシシドの足が固まる。

「武蔵、連れてきたぞ」

小屋の前に佇《たたず》む男に青木は声をかけた。

間違いない。柔と剛を内包したような長身の体を忘れるはずがない。後頭部で縛った蓬髪《ほうはつ》が夜風に吹かれ、儚《はかな》げに揺れている。千春に象の絵を描いてやった男だ。横には壺が置いてあった。きっと赤井十兵衛たちのものだが、シシドが貯めたよりもはるかに多い銭が零《こぼ》れそうになっていた。

何かを探るように、武蔵は形のいい目を一瞬だけ歪ませた後に、口を開く。

「お前が、シシドだったのか」

この男は、広場で会ったことを覚えているのか。武蔵の口ぶりから、そう判断した。

妙な感慨が胸に宿る。そんなシシドに構わず、武蔵は躊躇《ちゅうちょ》なく言葉を継ぐ。

「生死無用の一対一の果たし合いを所望する」

斬り払うようにして、シシドは鎌を周囲へ向けた。青木や弟子たちは油断なく、シシドを囲んでいる。

「一対一だと、ふざけるな。なんだ、こいつらは。もし勝っても、おいらを殺す気だろう」

武蔵の弟子たちが顔を見合わせる。誰かが、吹き出した。それが合図だったかのように、一斉に声を上げて笑い出す。

「馬鹿か、貴様は」

怒号は背後の青木が発したものだった。

「この武蔵に勝っても殺されるだと。見当違いも甚だしいぞ。この武蔵に勝てば、明日から貴様が、我らの頭だ」

何のことかわからず、青木の顔を凝視する。

「武蔵に勝てば、我らは貴様の弟子になる。つまり命を預けるということだ」

囲む弟子たちが同時に大きく頷いた。

「貴様が腹を斬れと言うなら、我らは斬る。裸踊りを踊れというなら、言う通りにしてやる。武蔵に勝つとは、そういうことだ。我らの命や名誉、全てを預ける男になるのだ」

熱い視線が己に注がれていることに、今さらながら気づいた。

「それが武芸者同士の立ち合いの掟だろう。貴様もそうやって仲間を集めたんだろう」

青木は手に持つ血刀で、周囲に散らばる骸《むくろ》をさし示した。

「ただ、我らの大将の武蔵は尋常じゃねえぞ」

叫んだのは、武蔵と同年代と思える弟子たちだった。

「吉岡に比肩しようという宮本武蔵の名がありながら、弟子はたったのこれだけだ。なぜ、少ないと思う。果たし合うからには、生きるか死ぬかだからだ」

引き取るように青木が言葉を発する。

「負けても運良く命があったなら、仲間にしてやる。それが十にひとつよりはかない僥倖《ぎょうこう》なのは、少ない我らの数を見て察しろ」

青木たちの言葉に、シシドは覚悟を決めた。

武蔵に向き直り、鎖を持つ手をひねり、頭上で分銅を激しく旋回させる。

武蔵は構えない。悠然と立ち、片手に刀を握っている。

青木のように二刀流ではないのか。いや、そんなことはどうでもいい。

シシドがまず試みたのは、頭の中で武蔵のこめかみとあるものをひとつの線で結ぶことだ。

きっと、この男を鎖に搦《から》めるのは至難の業だ。尋常にやっては無理だ。

左上から右下へと、袈裟懸《けさが》けの一太刀のような線が閃《ひらめ》いた瞬間、手に握る鎖を解き放つ。

線をなぞるようにして分銅が飛んだ。

武蔵は難なく避《よ》けるが、それも予想の内だ。シシドの分銅はあるものを目指す。

横にある銭の入った壺だ。

火縄銃が命中したかのように、壺の破片と銭が弾《はじ》け飛んだ。

そのいくつかが武蔵の顔を襲う。

刀を持たない手で防ぐ武蔵の動作を見た刹那《せつな》、シシドは咆哮《ほうこう》する。

体全ての筋肉を使って鎖を操る。

再び分銅に命が吹き込まれた。目を瞑《つむ》り、歯を食いしばる。手の中の鎖が暴れた。

手応えがあった。

瞼を開けると、武蔵の持つ刀に鎖が絡みついていた。

「オオオオ」

武蔵の弟子たちが、喝采《かっさい》を上げている。

「やるじゃねえか、シシド」

「目潰しとは考えたな。田舎の山賊にしとくにゃ、惜しいぜ」

何人かは顔を輝かせて賞賛を送る。

何だこいつらは、と思いつつ鎖を手繰る。

これで勝てる。

鎖で搦めれば、終わりだ。

刀に頼る武士など何ほどのことがあろうか。

気合いとともに鎖を引っ張ろうとした瞬間、武蔵は信じられぬ行動に出た。空いた手で鎖を摑み、手首に巻きつけたのだ。

阿呆が、自分から縛《いまし》められるつもりか。

シシドは、気合いと共に鎖を操った。手にかつてない衝撃が伝わってくる。

本来なら、相手の体が傾ぐはずだった。だが、鎖を手に巻きつけた武蔵は微動だにしない。

右に左に、前後に、シシドは鎖で武蔵を操ろうとするが、そのたびに手には凄《すさ》まじい反動が伝わってくる。シシドの力を武蔵が跳ね返しているのだ。

いつのまにか、シシドは全身で息をしていた。

一方の武蔵は手首を引っ張る鎖を気にする風もない。どころか刀に絡みついた分銅を解き、ザクリと大地に突き刺す。

武蔵は両手で鎖を手繰り始める。漁師が網を引き寄せるように無造作に。

必死に抵抗するシシドの足裏が虚《むな》しく引きずられた。武蔵が鎖を巻きつけるたびに、間合いが近づいていく。

「や、やめろ」

気づけば、喉《のど》から悲鳴が漏れていた。

手で柄についた鎖の根元をまさぐり、金具を外す。シシドの重みから解放され、鎖の端部が宙に飛ぶ。

武蔵の体勢がかすかに崩れるのを見逃さなかった。だが、斬りつけても返り討ちだ。

「えっ」と口にしたのは、武蔵の弟子たちだ。

あまりのことに呆気《あっけ》にとられている。

シシドは背中を見せて逃げていたのだ。

「ひ、卑怯者《ひきょうもの》め」

刀を振り上げたのは青木だった。シシドは足を加速させる。すぐ背後で風を斬る音がした。背が一気に熱くなる。

斬られたが、構わない。

死ぬわけには、いかないんだ。

腰の銭の束に手をやり、足を速める。鎌を滅茶苦茶に振り回し、遮る枝を切り落とし、山の中へと逃げる。

「待て」と、怒号が襲ってくるが、枝にぶつかるようにしてシシドは走った。

斬られた背が焼きごてを当てられたように熱い。追跡の足音を聞きつつ、歯を食いしばって痛みに耐える。

シシドは立ち尽くした。

目の前に現れたのは、崖だった。顔を後ろに向ける。木々の間から、疾走する武蔵とその弟子たちの姿が見えた。

視界がひしゃげるほど、顔が強ばる。迫る足音が、体を震えさせた。追いつかれたら、終わりだ。

悲鳴と共に、シシドは足を前へと踏み出した。何もない虚空へと。

崖から突き出た岩や木に何度も体をぶつけつつ、転がる。鎌を突き刺して、転落を緩めようとしたが、簡単に弾かれた。

右肩に一際大きな衝撃を受けた時、転落が止まった。眼を上へやると、武蔵たちが崖の上で立ち尽くす姿が見えた。

——やった。助かった。

無意識のうちに腰に手をやる。両手でまさぐる。銭はちゃんと巻きついている。あとは、鎌だ。首を左右に巡らすがない。どこだ。崖の途中に刺さっているのか。起き上がろうとしたら、激痛があった。恐る恐る、眼を下にやると鎌が脇腹に深々と突き刺さっていた。

「ハハッハハ」

笑うと、血が迸《ほとばし》る。目を瞑り、拳《こぶし》を握りしめて立つ。腹に刺さった鎌が揺れ、呻き声が漏れる。

ゆっくりと足を前に出した。右足は引きずるようにしか動かせない。それでも構わない。

千春、と叫ぶ。

待っててくれ。

血雫を落としつつ、前へ進む。背後を振り返った。崖の上には、もう誰もいない。

（十）

途切れそうになる意識を叱咤《しった》して、シシドは歩いた。

夜が明けようとしている。

突き刺さった木の棒に巻きついた赤い布が陽光を受けていた。

みっつの人影があった。思わず両膝をつく。

「武蔵、こっちが当たりだぜ。青木さんたちは、外れクジを引いたな」

刀を肩に担いだ弟子が嬉しそうに言う。

「シシドさんよ、すまねえなぁ」と口にしたのは、もうひとりの顔に傷を持つ弟子だ。

「ほっといても死ぬのはわかってんだが、首をとるように村の奴らに言われててな」

ポンと武蔵の背中を叩いた。

「さあ、武蔵せんせぇよ、介錯《かいしゃく》して楽にしてやりなよ」

土を踏み、武蔵が歩み寄ってくる。

片膝をついて、シシドと顔の高さを合わせた。

「町で会ったな」

なぜ、今そんな話をするのだろうか。

堪《こら》えきれずに、両手をついてシシドは四つん這いになった。

「言い残すことがあれば、聞く」

口を動かすかわりに、手を腰にやる。銭の束を外して、武蔵の前に置く。

「渡してやってくれ。頭巾の女だ。象の絵を描いてやっただろう」

しゃべると口からとめどなく血が流れる。武蔵は銭を受け取る素振りを見せない。

思いつくままに、シシドは口を開く。

「おいらを最初に買ったのは、異人だった」

最初は南蛮人の間を転売され、次に日本人に売られ、シシドは千春と出会ったのだ。

「象ってのは、鼻だけでなく耳もとんでもなくでかいらしい」

確か、最初にシシドを買った南蛮人がそう言っていた。本当はもっと別のことを伝えるべきかとも考えたが、もう何も思い浮かぶことはない。

視界が白くぼやけてくる。ジャラリと銭を持ち上げる音がした。安堵《あんど》が、急速に生きる執念を奪っていく。
もう、これでいいのだ。
「武蔵、どこへ行く気だ。首はとらねえのか。町に戻るには早いだろう」
弟子たちの慌てる声が耳朶《じだ》を打つ。
シシドは目を瞑るが、視界は白いままだ。
——千春に上手く象を描いてくれるだろうか。
そんなことを考えつつ、心地よい冷気が体を包むに任せた。

吉岡憲法の色

（二）

病床にあってもなお、父である吉岡憲法《よしおかけんぽう》の顔には厳しさが滲《にじ》んでいた。微睡《まどろ》んでいるというのに、必死に歯を食いしばり、時折呻《うめ》き声を上げている。

源左衛門《げんざえもん》は弟の又市郎《またいちろう》、従弟《いとこ》の清次郎《せいじろう》とともに、父が横たわる布団を囲んだ。天下一の剣豪と恐れられた父の筋肉は衰えて、枯れ木のようだ。その上には、夜着と呼ばれる寝具がかけられていた。袖《そで》のある布団で、夜中に起きた時は着衣として使用する。本来は菜の花を思わせる美しい黄檗《きはだ》色をしている夜着が、くすんで見えた。

黄檗の色は、黄柏《おうばく》と呼ばれる生薬と同じ原料から生まれる。父の老体に刻まれた古傷を癒《いや》すために、黄檗の鮮やかさが全て使われてしまったかのようだ。

屋敷の隣にある吉岡道場の稽古《けいこ》の音が、障子をこじ開けるようにして聞こえてきた。父の耳にも届いたのか、薄《うっす》らと瞼《まぶた》を開けて弱々しく口を動かす。

「もっと剣の音を聞きたい」

源左衛門は立ち上がり、障子を開ける。板葺《ぶ》きの屋根が塀越しに見えた。都の中央を背骨のように流れる堀川《ほりかわ》の水の香と共に、剣戟《けんげき》の音が濃くなり、父はかすかに目尻《めじり》を下げた。

「懐かしい。かつては、京八流の道場の剣音が都に満ちていたものよ」

父は呟《つぶや》くように言う。

京には、天下に鳴り響く八つの剣術流派があった。京八流と呼ばれていたが、今やほとんどが絶え、源左衛門の父の吉岡憲法率いる吉岡流のみとなってしまった。

「かつて、我が吉岡は染物を業としていたのは知っているな」

源左衛門の着座を待って、父は問いかける。弟の又市郎と従弟の清次郎と共に頷《うなず》く。戦国の最初の頃、吉岡一族は堀川の清水を利用した染物業に従事していた。父の体を覆う黄檗色の夜着も、その時に染めたものだと聞いている。

「乱世になり染物を捨て、京八流の一派に弟子入りし、剣を身につけた。これも吉岡という名を残さんがためだ」

源左衛門の祖父の代の頃である。父と祖父は幾多の真剣勝負を繰り返し、京八流の一角として認められ、吉岡憲法の剣名は世に知れ渡った。

「なぜ、お主らを呼んだかわかるな」

源左衛門は頷くのが躊躇《ためら》われた。

「儂《わし》はもう長くはない。跡継ぎを決める」

弟の又市郎と従弟の清次郎が己を凝視するのがわかった。いや、父も見ている。

「源左衛門よ、憲法の名を継げ。又市郎と清次郎は補佐しろ。三人で、吉岡の名を未来永劫《えいごう》残るようにせよ」

弟の又市郎と従弟の清次郎は大きく頷いてくれた。

「よいな、決して京八流の轍《てつ》を踏むな。吉岡の名を絶やすな。必ずや残すのだ」

源左衛門は「はい」と重々しく答える。

「よくぞ申した。憲法を襲名するは、あるいは棘《いばら》の道かもしれぬ。心してかかれ」

憲法でなくなった父の顔は、心なしか先ほどよりも柔和になったような気がした。

「源左衛門よ。いや、もう憲法と呼ぼう」

気力を振り絞るようにして、父は上半身を起こした。助けようとする弟と従弟を弱々しくも振り払う。

「憲法とふたりきりにしてくれ。最後に当主に伝えねばならぬことがある」

弟と従弟はしばしの間戸惑っていたが、ふたり目を見合わせた後に立ち上がり部屋から出ていく。

父とのふたりきりの話はすぐに終わった。

源左衛門こと吉岡憲法は、襖《ふすま》を開けて父の寝室を出る。後ろを向くと、全てを伝えきった父は力尽きたように瞼を閉じ、寝息を立てていた。黄檗色の夜着が父の弱々しい呼吸に合わせて、かすかに上下している。

「源左衛門……、いや憲法よ」

声に向き直ると、弟の又市郎と従弟の清次郎がいた。手には木刀をそれぞれ持っている。いや、弟は両手に二本持ち、一方の木刀を憲法に差し出す。

「兄者、病床の父上に応《こた》えるのは稽古のみですぞ」

差し出されたのは真新しい木刀だった。いつも憲法が振っている手垢《てあか》の滲んだものではない。

「どうした。これは」

「いつか、この日がくると思い、清次郎とともに用意していました」

弟は柄《つか》の部分を見せる。真新しい木目に〝吉岡憲法〟と刻まれていた。

従弟の清次郎が一歩詰め寄る。

「憲法よ。血汗を流す以外に、吉岡の名を守る手はない。新しい木刀を手に道場へ行こう」

従弟の清次郎の大きな声に、憲法は木刀を受け取ろうとした。手が虚空で止まる。先程、父とふたりきりになった場で伝えられた言葉が蘇《よみがえ》ったのだ。木刀を握ることを躊躇わせるのに十分な内容だった。

ふたりの眉間《みけん》が強《こわ》ばる。

「どうした。何を迷う」

従弟の清次郎が弟から木刀をひったくり、憲法の胸に押しつけた。仕方なく両手で受け取る。

「兄者、まさか父上に何かを言われたのか」

憲法は曖昧《あいまい》に笑いつつ、「いや、何でもない」と答えた。

「無敵と思った在りし日の父上の姿を思っただけだ。気にするな」

迷いを振り払うように足を前に出した。廊下を進み屋敷を出て門をくぐると、板葺きの道場が見える。大きくなる剣戟の音とは対照的に、憲法の足は重く緩慢になるのだった。

（二）

麻の布に季節の草花を挟み、憲法は握る木槌《きづち》を振り下ろした。槌越しに植物の繊維が弾《はじ》ける感触が伝わる。こうすれば草花の形と色が布に奇麗に染めつけられるのだ。童の遊びのような草木染めだが、吉岡の当主として多忙の憲法にはちょうどいい。

視界の隅の壁には、弟と従弟からもらった木刀が無造作にたてかけられていた。柄に刻まれた〝吉岡憲法〟の文字は磨《す》り減り、手垢にくすんだ木目と同化しそうになっている。

麻布を叩《たた》き終わり、開いて目の前にかざす。葉や花がくっきりと布に染め抜かれており、憲法は己の頬が持ち上がるのを自覚した。

憲法のいる小屋の中には、樹皮や根などを煮る大鍋《おおなべ》、柿渋を搾り出す把《と》っ手《て》のついた樽《たる》など、染色の様々な道具が並んでいる。

入口に人影が映り込み、瓢簞《ひょうたん》のように額と顎《あご》が突き出た男が入ってきた。

「おや、まあ。先ほど用事が終わって帰ったと思いきや、吉岡の先生がこんなところで草木を染めて遊んでいなさるとは。稽古を怠けて、大丈夫ですか」

　男の着る作務衣《さむえ》の胸元には〝吹太屋《すいたや》〟と墨書された布が縫いつけられていた。この男は吉岡道場に近い堀川べりで「吹太屋」という染物屋を営んでいる。京という土地柄もあり、吉岡道場には商家の弟子が多い。特に道場近くには染物屋が軒を連ねており、ほとんどが吉岡に剣の弟子入りをし、いざという時には用心棒として店を守ってもらうことになっている。吹太屋もそんな弟子のひとりだ。

「そういうな。こんなに野趣ある草木を植えているお前の庭が悪い。これを見て、草花を染めずに道場へ行けというのか」

　両手に持つ麻布を見せつけると、「ホオ」と感嘆の声を吹太屋が上げる。

「これは見事。色の配しかたといい、形といい、どれもなかなかのものですな」

　先程の苦言はどこへやら、吹太屋は素直に憲法の染物を褒めてくれた。

「剣の師匠にしておくのはもったいない。いっそ染物屋に稼業替えするのはいかがですか」

　気安い仲なので、吹太屋の賞賛に皮肉や冗談が混じるのはいつものことだ。

「そういう吹太屋も、剣の腕の方が染物より数段上だぞ」

　負けじと憲法も言い返す。

「これは参りましたな。では、さっそく明日《あした》にでも吹太屋流の剣術道場を開かせてもらいましょうか。憲法先生のお墨付きがあれば、染物よりも儲《もう》かるでしょう」

ふたりは顔を天井に向けて快笑した。吹太屋とは染物の好みがあうこともあり、憲法は師弟の枠を超えて店を贔屓《ひいき》にしている。

「次はこの花とこの葉を合わせる。こちらに余白を多くとろうと思うのだ」

新しい麻布の上に、先程庭で摘み取った花と葉を置く。吹太屋が覗《のぞ》き込み、「もう少し花弁を広げてみては」とか「思い切って、違う色を添えてみては」とか口にする。ふたりで染め方を思案し始めると、いつもこうだった。今日も半刻《とき》（約一時間）ほど前まで、吹太屋に注文する染物についてじっくりと話し合っていたところだ。にもかかわらず、染物談義がまた始まってしまう。

そんなふたりを非難するように、足を踏みならす音が聞こえてきた。

「憲法、ここにいたのか」

飛び込んで来たのは、従弟の清次郎だった。額に汗をびっしょりとかいている。

「天下一の憲法の名を継いだ男が、こんなところで何を遊んでいる」

大股《おおまた》で清次郎が近づいてきた。

「アチャア」とわざとらしい声を出して、吹太屋は手で顔を覆う。

「知っているだろう。畿内《きない》では今、宮本武蔵《みやもとむさし》とかいう一派が道場破りで名を上げていることを。吉岡の当主がこの様《ざま》でどうするのだ。すぐに道場へ戻れ」

壁にたてかけてあった木刀を引っ摑《つか》み、突きつける。憲法がチラリと吹太屋を見ると、我関せずという顔で小屋の中の道具を検分しているふりをしていた。

「わかっている。今、行こうとしていたところだ」

憲法は木刀を摑み立ち上がる。

「吹太屋、頼んでいた染物は今日決めた手筈《てはず》通りに染めてくれ」

道具の位置を直すふりをしていた吹太屋が、「もちろんです」と大声で返す。

「下染めは終わっておりますので、十日もすればお見せすることができると思います」

その声に満足しつつ、清次郎とふたりで小屋を出た。吹太屋の裏玄関をくぐると、堀川が流れている。澄んだ水面《みなも》は、泳ぐ魚や底の石の様子までくっきりとわかった。その上には、茜《あかね》や青や浅葱《あさぎ》で染められた布々がはためいている。金気《かなけ》(金属分)が少ない京の水で染められた布は、どれも澄んだ色合いだ。青空や夕焼けで染めたかのような色が、憲法の目を洗う。

布の隙間を縫うように、木刀を強く打ちつける音が聞こえてきた。塀越しに見える道場の板葺きの屋根は、弟子たちの気合いと咆哮《ほうこう》でかすかに揺れて見えるほどだ。

（三）

まだ熱気が籠《こ》もる稽古場を背に感じつつ、道場の入口から憲法は暮れなずむ空を見つめていた。まだ地は明るいが、天頂は藍色《あいいろ》に染まりつつある。

夕刻と夜の狭間《はざま》の色を再現するには、一体どのような染料を用いればよいだろうか。腕を組みつつ、憲法はそんなことを思案していた。

汗を拭《ぬぐ》った体に、先程着替えた小袖と袴《はかま》の生地が心地よい。

「とにかくだ。宮本武蔵を美作《みまさか》（岡山県）の田舎武芸者と侮るのはよくない」

背後では弟の又市郎と従弟の清次郎が、汗だくの稽古着姿のままで論じ合っていた。

宮本武蔵一行は、畿内を嵐のように席巻《せっけん》している。何ヶ月か前に、伊賀《いが》の国のクサリ鎌の達人シシド某《なにがし》とその手下の数十人を、十人に満たぬ弟子たちと共に皆殺しにしたという。他にも多くの武芸者と渡り合い、その全てに勝ち、とうとう京に乗り込んできた。噂好きの京雀たちの間では、いつ吉岡と決闘するかという話題で持ち切りだ。

「とにかく下手な挑発には乗らぬことだ」

「ああ、盛り場などに行くのは、控えるように弟子たちに言い含めよう」

弟と従弟の話がもうすぐ結論に及ぼうかという時、一番星と競うかのように門のところに提灯《ちょうちん》の灯《あか》りがひとつ見えた。

「ふん、まだ暗くないのに用意のいいことだ」

憲法の独り言に応えるように、提灯が近づいてくる。大きな額と顎が判別できる距離になった。吹太屋の主人である。いつもの作務衣姿ではなく、羽織を着た正装だ。憲法は後ろを向いて、弟と従弟に向かって話しかける。

「すまぬ。今から所用がある。留守を頼むぞ」

ふたりは露骨に顔を顰《しか》めた。

「兄者、もうすぐ暗くなるのに、どこへ行かれるのじゃ」

弟の又市郎が詰問する。

「策伝《さくでん》和尚の招きを受けておるのだ。許せ」

「策伝和尚の誘いか」と、弟は渋面をつくる。

安楽庵《あんらくあん》策伝――飛騨《ひだ》高山《たかやま》の大名金森長近《かなもりながちか》の実弟で、京都所司代板倉勝重《いたくらかつしげ》や茶人古《ふる》田織部《たおりべ》とも親しい男である。笑話や滑稽話《こっけいばなし》の天才と呼ばれ、亡き豊臣秀吉《とよとみひでよし》にも愛され、大名や貴族に知人も多い。堅物の又市郎も、外出を認めないわけにはいかない人物だ。

「此度《こたび》は仕方ないとして、憲法よ、当主としての自覚が薄すぎるのではないか。宮本武蔵は今までの武芸者とは違う。用心して、しすぎるということはない」

従弟の清次郎が拳《こぶし》で床を叩きつつ諭す。

「染物にうつつを抜かしている場合か」

「ほお、では儂が武蔵に後れをとると言うのか」

大して気合いをいれたつもりはないが、一瞥《いちべつ》しただけで清次郎は怯《ひる》んだ。

「り、力量うんぬんではない。油断するなと言っておるのだ」

悔しそうに清次郎は頭を掻《か》く。

「承知しておる。それには自重が肝要だ。洛中《らくちゅう》の真剣勝負は、京都所司代の板倉様により固く禁じられている。いかに宮本武蔵といえど、法度を犯してまで無茶はすまい」

弟と従弟は目を見合わせる。最初から結論など決まっているのだ。吉岡は大きくなりすぎた。下手に真剣勝負などできるはずもない。

「そういうことだ。あとは頼んだぞ」

門の入口で控える吹太屋に目で合図を送って、憲法は道場を後にした。

（四）

二十数人が集まった畳敷きの広間の壁には、茶器や掛け軸、香炉、織物、扇子など様々な名物が整然と並んでいた。招かれたのは大身の武士や公家《くげ》、豪商たちである。甘い菓子でも食《は》んだかのような顔で、名物を眺めている。それは憲法や吹太屋も同様だった。

「まことにもって見事だな」

「はい、憲法先生。さすが策伝和尚のご人脈で集めた名物たちですな」

名物に見惚れていると、饅頭《まんじゅう》のように丸い顔をした老僧が近づいてくるのに気づいた。童のように背が低く、愛嬌《あいきょう》のある笑みを顔一杯に張りつけていた。

「これは策伝和尚、此度はお招きにあずかり感謝の言葉もありませぬ」

憲法は如才なく頭を下げると、吹太屋も「まことに眼福のいたりです」と続ける。

「これは、ご謙遜《けんそん》を。数ある名物のなかでも、憲法様と吹太屋さんの小袖は出色の出来映えと評判でございます」

黒く長い袖を持ち上げて、策伝はある一角を示す。そこには人垣ができ、奥には空の色を映したかのような青い小袖が飾られていた。人を掻き分ければ、着物の足元に吹太屋の屋号と吉岡憲法の名が書かれた板があるはずだ。

「おふたりの小袖の色は、青磁《せいじ》色でも水浅葱《みずあさぎ》でも露草《つゆくさ》色でもない。全く新しい色を生み出そうという気概に溢《あふ》れておりますな」

「さすがは策伝和尚。憲法先生が創案し、我が吹太屋が染めた渾身《こんしん》の色でございます。藍に黄蘗の樹皮の黄色を強めに足し、最後に鴨頭草《つきくさ》の青い花汁で仕上げました」

吹太屋が手を揉《も》みつつ説明する。

「なるほど。春霞《はるがすみ》が去った空のような色合いに、ほのかに感じる黄味は黄蘗を使ったのですか。まことに感服しました。憲法様が長じているのは、剣だけではございませぬな」

丸い顔に皺《しわ》をいっぱいに寄せて言う策伝和尚の言葉に世辞はないようで、流れる血が陽光で暖められるかのようだ。

ふと、視界の隅にシミのような黒がこびりついていることに気づいた。首がそちらへと向く。見えぬ手で捻《ねじ》られたかのようだ。

なんだ、あれは水墨画か。

「ほお、さすが天下に鳴り響く吉岡一門の憲法様、あの絵に目を留めましたか」

策伝和尚の声には、歳に似合わぬ稚気が滲んでいた。黒く長い袖を翻して、憲法の視線の先の絵を自慢気に示す。

一本の巨木を描いた画が、憲法たちの前に屹立《きつりつ》していた。葉がひとつもない枯れ枝が伸びる様は、大地にできた亀裂《きれつ》を見るかのようだ。

気づけば、憲法の全身が粟《あわ》立っていた。音をたてて唾《つば》を呑《の》む。

このような水墨画を、いまだかつて見たことがない。そう考えつつ、ゆっくりと絵の前へ進む。

一体、何が初見なのかと思案する。

すぐに答えは出た。

この色は墨ではない。

水墨画かと思ったが、違う。墨ではなく、黒の染料で描かれているのだ。

さらに、いまひとつ気づく。

黒一色だが、濃淡が一切ない。恐ろしく濃い黒で塗りたくられていた。

憲法は見るのではなく、視る。そうすれば、絵や茶器などの名物から、そのものが内面に持つ色が湧き上がることがある。果たして、この黒一色の異様な画もそうだった。

黒い炎のような気が立ち上っている。

この黒を、憲法は染物でどう創り出すだろうか。松の木の煤《すす》でつくる墨染《すみぞめ》、漆が生み出す呂《ろ》色、ドングリの煎汁《せんじゅう》からつくる黒橡《くろつるばみ》。

様々な黒を思い浮かべるが、どれも目の前の画から発せられる闇にはそぐわない。

腕を伸ばせば触れられるほど水墨画に近づいた時、わかった。

これは、盲《めし》いたものが見る闇の色なのだ。

黒を超越しているのだと、悟る。

「さすが憲法様。ここまで惹《ひ》かれるのは、京吉岡の剣の当主たればこそでしょうな」

いつのまにか横に立つ策伝和尚が、画の隅にある揮毫《きごう》を指さす。

墨滴が血雫《しずく》のように散る筆跡で、こう書かれていた。

――宮本武蔵　掾玄信《のじょうはるのぶ》

「あの宮本武蔵が、この絵を描いたというのか」

憲法は思わず唸《うな》り声を上げそうになった。

「はい、さる禅寺にて宮本武蔵殿がご逗留《とうりゅう》なのはご存じでしょう。禅の修行や剣の稽古の合間に、童たちに長い鼻のある獣の絵などを描いておるのを目にしまして。これがなかなか面白きものでございましたので、試しに絵筆をお貸しして好きなようにと描かせたのが、こちらです」

老成とはほど遠い稚気溢れる笑みを、策伝は零《こぼ》している。

「趣味が悪いですな」と、思わず口に出してしまった。京で決闘が噂される剣客ふたりの作を、同じ広間に並べたのだ。憲法にとってはいい気分はしない。

「これは手厳しい。しかし、京都所司代によって真剣での果たし合いは御法度。せめて名物の出来において、その力量を見比べてみるのも一興かと思いました」

安楽庵策伝は、口元を袖で隠して笑い声を上げる。

「憲法様も武蔵殿も剣は無論、芸術でも一流のようですな。武蔵殿の絵の不思議さは、憲法様の創案された小袖の色とまさに対極」

安楽庵策伝和尚は黒く長い袖を翻して、憲法に周囲を見るように促す。武蔵の絵に立ち止まる者は少ない。が、見る客は彫像と化したかのように立ち尽くしている。

一方の憲法の小袖は客たちの数は多いが、しばらく見た後にすぐに別の名物の前へと移ってしまう。己の色は、武蔵の絵ほどの衝撃を与えていないのではないか。

そう思うと、口の中に苦い味が広がった。

憲法の小袖を鑑賞する客たちの半分ほどが、入れ替わった時だった。急に、策伝和尚の顔色が変わった。

どうしたことか、「い、いかん」と狼狽《うろた》えはじめる。

老僧の視線の先を憲法が追うと、ひとりの若者の姿がチラリと見えた。激した狼の毛並みを思わせる蓬髪《ほうはつ》が、人々の間から覗く。

南蛮袴のカルサンで包む下半身の動きと、何気ないが隙のない身のこなしから、憲法はこの若者が武芸者だと悟る。

「む、武蔵さま、今日は参られぬと聞いておりましたが」

取継役の若い僧が、慌てて若武者の前に立ちはだかった。

奴が、宮本武蔵か。

憲法がそう思った。自然と重心が低くなる。袖を強く引かれた。目をやると、策伝和尚が縋《すが》るように憲法の着衣を握っている。

「け、憲法様、何とぞ、こちらの立場を慮《おもんぱか》って、控えの間に。もし、武蔵殿と憲法様が相見《あいまみ》えれば、何事もなく終わっても、京都所司代の板倉様にお叱りを受けまする」

　趣味の悪い会を設《しつら》えた報いだ、と言いたかったが弟と従弟に自重しろと諭したのは、今日の夕方のことだ。

「和尚、高くつきますぞ」と嫌みをひとつ口にして、控えの間へ誘われるに任せた。吹太屋を見ると、「後はお任せを」と口だけを動かして承知してくれた。

　隣の部屋へと移って、息をひとつ吐いた。かすかに鼓動が速くなっている。己が武蔵を恐れているのだろうか。そんなことはないと思いつつ襖に耳を軽く当てて、憲法は隣室の音に集中する。

「こ、これは武蔵殿、明日お越しと聞きましたが。どうぞ、こちらへ」

　狼狽える策伝和尚の言葉に続いて、はりのある若者の声が響く。

「吉岡憲法殿の小袖があると聞いた。目垢がつく前に、なんとしても見たいと思いました」

　他の客も武蔵が来たと知ったのか、どよめきが満ちる。蠢《うごめ》く音がするのは、憲法の小袖の人垣が割れたのだろう。

「いかがでございますか、武蔵様」

いつもより硬い調子の吹太屋の言葉だった。

急に静寂が辺りを包む。場に集う客の全てが、武蔵の返答を待っているのだ。衣擦《きぬず》れの音さえ聞こえない。憲法は耳をじっと澄ます。どれくらい経っただろうか。隣の広間にいる客全てが神隠しにあったのではないか、そう訝《いぶか》しみ始めた頃に、ポツリと声が聞こえてきた。

「この色は弱い」

武蔵の一声に、静かなどよめきが広がる。

「お、お言葉ですが、武蔵様。これは金気の少ない京の水で染めたものでございます」

珍しく不機嫌さが滲む声で吹太屋は説く。

「数百年経っても褪《あ》せぬ技法で生んだ色であることは、大和や京の古刹《こさつ》に残る染物からも明らかでございます」

沈黙が降り積もるかのような間が、またしても生まれた。知らず知らずのうちに、憲法は拳を握り締めている。二十歳程度の武芸者の評に、どうして己はこうまでこだわっているのか。

武蔵の若い声が、襖越しから再び聞こえてくる。

「あるいは千年経っても蔵の中では残るかもしれない」

武蔵の評に、人々が唾を呑む音も聞こえてきた。

「が、人々の心には残らぬ色だ」

客たちが呻き声を上げた。

「いつか、この色は褪せる」

勝敗を断じるかのような、武蔵の言葉だった。

（五）

吹太屋を先に帰らせて、ひとり憲法は京の路地を歩いていた。提灯がつくる己の影を引きずるように進む。足を重くさせるのは、先程聞いた宮本武蔵の言葉だ。千年先には、この色は廃れると断じられた。

続いて頭によぎるのは、臨終の間際の父とのやり取りだった。弟と従弟を退室させ、ふたりきりになった時、父は憲法こと源左衛門にこう言ったのだ。

――いつか、剣は廃れる。

その時の衝撃を思い出し、憲法の持つ提灯が激しく揺れた。

『剣は、火縄や大筒には敵《かな》わぬ』

嗄《か》れた父の声が頭の中で木霊する。

『事実、我が弟子たちは火縄や大筒によって多く死んだ。今のまま技を極めても、千年後には間違いなく剣は廃れる。無用の技となるだろう』

提灯の柄が軋《きし》むほど握り締めていた。

『来世にも憲法の名を残すのが、お主の使命だ。そのためならば、剣を捨てても構わぬ。かつて我が父が染物を捨てたようにな』

それが父の最後の言葉となった。

遺言を反芻《はんすう》する。

なぜだろうか。「いつか、剣は廃れる」という父の嗄れた言葉が、瑞々《みずみず》しい武蔵の若い声質にとって代わられている。

憲法の持つ提灯の灯りにかぶるように、影が落ちた。

目をやるより先に反応したのは、憲法の足だ。

地を跳ねて、後ろへと飛ぶ。手には、もう提灯はない。

着地と同時に腰を落とし、剣の柄に手をやった。

目の前には、壮年の武士がひとり立っていた。灰色の口髭《くちひげ》は温和だが、つり上がった眦《まなじり》は燃え盛る火を思わせる。腰には、鋭利な刃が三方に飛び出した古流十手と長刀を差していた。

「二刀流……宮本武蔵……の弟子だな」

男は頷くかわりに、口髭を持ち上げるように笑いかけた。

「正しくは武蔵の父宮本無二《むに》様の一番弟子、青木条右衛門《あおきじようえもん》だ」

そう言い放っただけで、ふたりの間合いが縮まったかのように錯覚する。地に落ちた提灯が、油を注いだかのように燃え盛り始めた。

憲法は目を細めて、敵を視る。

名物から放たれるように、この男からも気が滲んでいた。焦げた薪《まき》を擦《こす》りつけたような黒は、武蔵の気の色と似ている。

「何用だ。果たし合いは京都所司代の御法度だぞ」

言葉を投げつつ、憲法は鯉口《こいぐち》を切った。

「ほお、先に鯉口を切っておきながら、そう言うか」

頰を吊《つ》り上げて、青木条右衛門は腰にある長刀と十手に手をやる。右手で刀を抜き、次に左手で十手の三つの刃に被《かぶ》さった鞘《さや》を解き放ち、二刀に構えた。

巨大なカマキリと対峙《たいじ》したかのようだ。

「悪いが試させてもらう」

言い終わる前に、青木条右衛門の左右の白刃が閃《ひらめ》く。夜の闇を白く塗るかのような太刀筋であった。

退くのでもなく、避《よ》けるのでもなく、憲法は大きく前へ踏み出した。

本能が抜刀させる。

小刻みに歩を踏みつつ、ひとつ、ふたつと激しく刀を操る。衝撃が手に滲み、骨を軋ませた。

すれ違い様に、渾身の力で一刀を振り抜く。

ふたり、同時に向き直った。

場所を譲るかのように、先程まで立っていた地を入れ替えて、両者得物を構え直す。

青木条右衛門の目尻がいびつに下がる。

「見事だぞ、吉岡憲法よ。シシド一党のようなまがい物ではないな」

右の長刀だけを鞘にしまい、手を顔にやった。見ると青木条右衛門の左の耳たぶが千切れ、半分ほど垂れ下がっている。

外したか、と口の中だけで呟く。頸動脈《けいどうみゃく》を切り裂く憲法の一太刀だったが、青木条右衛門に首を捻《ひね》って避けられてしまった。

一方の憲法は、右肩に風が当たっている。目だけをやると、着衣が切り裂かれていたが、血が流れている気配はない。

葉でも摘み取るように、青木条右衛門は切れかけた耳たぶをもぎ取った。血が迸《ほとばし》る音が、憲法の耳朶《じだ》を不快に撫《な》でる。

「受け取れ、果たし状がわりだ。近々、弁助《べんのすけ》こと、宮本武蔵と共に吉岡の道場に赴く」

己の耳の欠片《かけら》を憲法に投げつけつつ言う。

「断る。洛中の果たし合いは御法度だ。やりたければ、京都所司代を通せ」

青木条右衛門は背後に目をやる。人影が蠢いていた。無宿人のようだが、数人ほどはいるだろうか。

「聞いたな。京都所司代を通せば決闘を受ける、吉岡憲法は言った。そして、奴の方から鯉口を切った」

青木条右衛門の背後の人影がしきりに頷く。

「今までは洛外で果たし合いをしていたが、所司代立ち会いのもとでの決闘も乙なものだ。憲法よ、その言葉を違《たが》えるなよ」

青木条右衛門は踵《きびす》を返す。

無宿人らしき人々が慌てて道を開けた。

憲法は舌打ちを口の中で噛《か》み潰《つぶ》す。

「謀られたな」と、言葉を零した。

憲法の視界の先には、欠けた耳を愛《め》でるように撫でる青木条右衛門の姿がある。

夜の闇に埋まるように、ゆっくりと消えていく。

見えなくなっても、まだ闘気のようなものは感じた。完全に青木条右衛門の気が消えてから、憲法は構えていた刀をやっと鞘へと仕舞う。

足元に視線を落とす。

青木条右衛門の耳の欠片が、地面に血を滲ませていた。夜の闇を吸ったかのように、どす黒い赤色だった。

（六）

陽が中天に昇る頃、憲法は立ち上がり体を縛るようにして襷《たすき》をかけ、袴のもとどりを取った。

「頼む」と口にすると、弟の又市郎と従弟の清次郎が針と糸を手に持ち、袴と襷を万が一にも外れぬように縫いつける。

京都所司代の庭で吉岡憲法は待っていた。付き添いはふたりだけで、両刀は約束通りに役人に預けている。横を見ると、庭を飲み込むような形に屋敷が建ち、畳の間に京都所司代の板倉勝重や安楽庵策伝らの姿が見えた。憲法が控える試合場は屈強な番兵たちが囲っており、皆手に指叉《さすまた》や棒などの捕物道具を持っている。

刻限に少し遅れて、宮本武蔵がやってきた。カルサンから伸びる両脚は鹿のようにしなやかで、狼のように逞《たくま》しい。右に欠けた片耳を持つ青木条右衛門、左に若い弟子をひとり引き連れている。左の臑《すね》に巻きつけた朱色の布が、かすかに結び目を揺らしていた。憲法一行と同じように刀は差していない。が、同行のふたりは凶器のような殺気を全身から漲《みなぎ》らせていた。

「狂犬め」と、吐き捨てたのは従弟の清次郎だった。又市郎は歯ぎしりの音と共に身構えている。

三度息を吸い込み、一度長く吐いて、憲法は前へと足を踏み出した。

同時に屋敷から屈強の武士がひとり出てきて、決闘の方法を告げる。

武器は木刀のみ。

寸止め。

三本勝負。

武蔵は長大な木刀を一本だけ片手に持ち、佇《たたず》むように立っている。表情からは、立会人の声を聞いているのかどうかもわからなかった。

二刀流ではないのだな、と憲法は不思議に思う。

「兄者」と背後から声がして、又市郎が木刀を差し出した。柄は手垢で色づき、かろうじて〝吉岡憲法〟という文字が見えた。手が自然に動き、見えぬ溝を埋めるように柄を握る。掌《てのひら》から伝わる感触に、身が震えた。

武者震いが、憲法の体の強ばりをほぐす。

いつもより、ゆっくりと歩いたのは、そうしなければ跳躍してしまいそうだったからだ。

「いざ」と小さく叫んで、場の中央で木刀を上段に構える。一方の武蔵は片手でダラリと木刀を下げて、歩み寄る。たったそれだけで、強風に吹かれたかのような圧を憲法は感じた。

いつのまにか、常より低く深く構えていた。打ち合ってもいないのに、疲労が腰に滲むようだ。それほどまでに深く、いつも以上に低く、憲法は重心を極限まで落とす。

——尋常に立ち合えば負ける。

互いの間合いが接した時、憲法の正気が粉々に爆《は》ぜた。

視界に映る景色が、激流のように後方へと流れる。頭に占めた想いは、ひとつだけだ。

武蔵の頭蓋《ずがい》を全力で砕く。

木刀を振り下ろすと同時に、首を必死に捻った。

骨が砕けるかのような重い衝撃が、両の掌にのしかかる。

互いの木刀が軋みつつ交差していた。武蔵も憲法も極限まで首を捻り、もとあった頭の場所にふたりの打ち込んだ木刀の切っ先があった。

ぶつかりあった衝撃で、互いの剣先が激しく震えている。

もし首を動かしていなければ、あるいは互いの木刀がぶつかっていなければ、間違いなく頭蓋か鎖骨が粉砕していたはずである。

「ま、待たれよ。寸止めぞ」

審判役の屈強な武士が悲鳴を上げた。

返事のかわりに憲法は咆哮を上げる。武蔵は木刀を無言で押し返し、再び片手に持ち替えた。

必殺の一撃を憲法は繰り出す。寸止めではない。

武蔵は片手に持った木刀を小枝でも振るように操り、憲法の攻めを撥《は》ね返し、何倍も重い一振りを打ち下ろす。

無論、これも寸止めではない。

憲法の鬢《びん》をかすり、毛髪が何本も宙に舞っている。

骨を砕く両者の剣戟は、鞭《むち》のようにしなって見えた。剣先が頬や首や腕、拳を何度もかすめる。憲法も武蔵も撲殺が可能な斬撃《ざんげき》を繰り返す。

すでにふたりが持つものは、真剣を模したものではなかった。相手を殺す凶器だ。

木刀が動脈をかすれば本来なら勝負ありだが、そうなってもふたりの動きは止まらない。構わずに手に持つ得物を爆ぜさせるかのように、打つ。

憲法は打ち合いつつ、何ら不思議に思わなかった。

濃淡のない武蔵の絵のように、結果は生か死かのふたつにひとつなのだ。互いに戦うと決めた時から、心のどこかでこうなると思っていた。

生涯最高と断じることができる斬撃が、憲法から放たれる。空を左右に両断する太刀筋は、武蔵が無造作に薙《な》いだ一振りで弾かれた。

思わずたたらを踏みつつ、間合いを遠くとる。

構え直そうとした時、木刀を取り落としかけた。見ると、右手の指が二本赤く腫《は》れ逆に曲がっているではないか。

木刀が鉛に変じたかのように重い。残る左腕が震えていて、ほとんど握力がないことにも気づく。

武蔵を見る。片手に木刀を下げて、立っていた。

そして憲法は唸る。武蔵は最初の一合以外は、全て片手で木刀を操っていたことに今さらながら悟らされたのだ。

武蔵の空いた片手がゆっくりと動き、木刀の柄を握る。

左右の手が、とうとう木刀と繋《つな》がれた。

なんと、軽く柔らかく剣を持つことができるのだ。命のやり取りをしているというのに、全く力みがない。

武蔵は、両手で持つ木刀をゆっくりと上段に構える。

周りを囲む番兵たちは、唖然《あぜん》として身動きさえできない。約定破りの真剣勝負をただ見守るだけだ。が、それは正しかったかもしれない。不用意に止めに入れば、武蔵の振る木刀の餌食《えじき》となっていたはずだ。

憲法は柄を顔の前に持ち上げる。木刀が米俵のように重く感じられて、思わず苦笑した。痺《しび》れる左手は、もう添えているだけだ。木刀を振るのに何の用も成さない。残った右掌に唾をつけて、〝吉岡憲法〟と刻まれた文字と馴染《なじ》ませる。指が二本折れた右手だけで、武蔵に打ち込む。

きっと一撃が限界だろう。

己の体から、かすかに色が立ち上るのが視えた。澄んだ水面に映った菜の花のように美しい黄色い気だ。

一方の武蔵からは、殺気が黒い炎のように立ち上っている。

盲いたかのような黒。

これ以上黒くならないと思った殺気が、さらに昏くなった刹那、武蔵が踏み込んだ。

瀑布《ばくふ》のような一撃が憲法の頭上に落ちる。

左の腕が粉砕された。

歪《ゆが》む憲法の視界に、目を見開く武蔵の顔が映る。

憲法は握る力のなくなった左の腕で、武蔵の木刀を受け止めていたのだ。

微《かす》かだが、初めて武蔵が狼狽えている。それが、一瞬に満たぬ隙を憲法に与えてくれた。

奇声とともに右腕、否、残った指三本で木刀を振り下ろすのと、武蔵が地を蹴《け》り後方へ飛ぶのは同時だった。

「おおぉお」

立ち尽くしていた番兵たちが思わず声を上げる。

両者の間合いの中央に、血の花が咲いていた。憲法の木刀が、武蔵の額を割ったのだ。

片膝《ひざ》をつく武蔵の姿が視界に映る。武蔵自身も何が起こったのか理解できないようだ。額に手をやり、指の隙間から憲法を睨《にら》もうとしたが、できない。

手についた己の血を見て、眉《まゆ》を大きく歪ませる。自分の血が赤いことを初めて知ったかのような表情だった。

「それまで、それまでだ。両者の勝負を止めろっ」

武蔵の狼狽《ろうばい》に真っ先に反応したのは、立会人だった。

それがきっかけで、囲む番兵が正気を取り戻す。怒号と共に、憲法と武蔵の間に立ちはだかった。

「勝負ありだ。憲法殿の勝ちだ」

屈強の立会人が、声を嗄らすかのように何度も叫ぶ。

「違う」と、一喝が飛んできた。

皆の視線がある男に集中する。額を朱に染めた武蔵が、爛々《らんらん》と目を輝かせて立っていた。

「己は負けていない」

「往生際が悪いぞ。武蔵っ」

立会人の怒号を無視して、武蔵は木刀を突きつける。その先には、右手の指三本で引っ掛けるようにしか得物を握れぬ憲法がいた。

「憲法よ、貴様の剣は皮膚をかすっただけだ」

血が目に入るのも厭わず、武蔵は睨みつける。壁となった番兵が、それだけで後ずさった。

「まだ、勝負はついていない。己も奴もまだ生きている」

人壁に構わずに、武蔵はゆっくりと間合いを詰める。

「いや、違う。勝負はついた」

そう言ったのは、憲法だった。

皆が、振り返る。

「勝負はついた。儂の負けだ」

どよめきが沸き上がった。

「武蔵の言う通りよ。我が一太刀は、皮を裂いただけだ。真剣であったとしても、命を奪うことはできん」

憲法は自分の折れた左腕に目をやり、続いて指が逆に曲がった右手を見た。

「何より、この腕では勝負を続けても結果は明らかだ。武蔵よ、貴様の勝ちだ。誇れ」

血に染まった武蔵の顔が、激しく歪んだ。

「違う。まだ、終わっていない。逃げるのか、憲法」

それでもなお、武蔵は間合いを詰めようとする。

「己の刀は、貴様の頭蓋を砕いていない。逆もまた然《しか》りだ」

武蔵の歩みに合わせ、ゆっくりと人垣が割れる。やがて、憲法と武蔵を結ぶ道ができた。

「武蔵、儂は負けた。否、剣士として終わったのだ。このふたつの腕では、もう二度と剣は満足に握れん」

憲法は持っていた木刀を武蔵の足元に放り投げた。

〝吉岡憲法〟の刻み文字が転がる。

「それでもなお、剣士でなくなった儂と戦うというなら、存分にやれ。額でも胸でも好きなところを打って、息の根を止めろ」

憲法が足をひとつ前に出すと、初めて武蔵の歩みが止まった。

歯ぎしりの音が、憲法の耳にも届いてくる。囲む番兵たちの体が再び凍りついていた。すでに憲法は武蔵の間合いにいる。しかし、憲法はあえて動かない。

「どうした。武蔵、打たぬのか」

武蔵の持つ木刀が震え出す。

「構えろ、憲法」

命令というより、懇願するかのようだった。

「無理だ。それはお主がよく知っているだろう」

武蔵の顔が極限まで歪む。不思議な気分だった。武蔵が泣いているかのように、憲法には思えたのだ。勝敗を超越した命のやり取りを取り上げられたことを、怒り哀しんでいるのか。

次に憲法の脳裏に浮かんだのは、武蔵の絵だった。

一体、どれほどの人生を送れば、黒さえも否定するかのような色を生み出せるのだろうか。

憲法は、嘆息を身の内に飲み込んだ。

目を隠すように、武蔵は木刀を持ち上げる。水平にして左右の手で両端を握った。木刀がしなり始め、音を立ててふたつに爆ぜる。

木刀だったものが、憲法の足元に投げつけられた。

安堵《あんど》よりも狼狽が庭に満ちる。あの太い木刀を腕の力だけで折ったのだ。もし武蔵が本気を出せば、得物がなくとも番兵の半分は撲殺できるだろう。

駆け寄った青木条右衛門と弟子に、「帰るぞ」と言い捨てて、武蔵は踵を返す。

憲法は小さくなる武蔵の背中をじっと見つめていた。やがて、消えてなくなってから、膝をつく。武蔵の捨てた木刀の片割れを手に取ろうとしてやめる。

後ろを向くと、弟の又市郎と従弟の清次郎が呆然《ぼうぜん》と立ち尽くしていた。

「終わったぞ。我らも帰ろう」

憲法の声にふたりは反応しない。

「聞いての通りだ。儂は剣の道を捨てる。憲法の名はふたりのどちらかが継げ。後は任せる」

自身の木刀を拾い、ふたりの前に置いた。背中を見せて、京都所司代の館《やかた》を後にする。

門をくぐると、フフフと笑った。今頃になって全身が痛み始めるのが、妙に可笑《おか》しいではないか。

一撃を受け折れた左腕や右の指だけではない。なぜか胸の奥にも堪え難い痛みがやってきて、憲法は足をよろめかせた。

（七）

山桃や檳榔樹《びんろうじゅ》の樹皮が小屋の中に積み上げられていた。虫がついて瘤《こぶ》ができた附《ぶ》子《し》の実、摘み取った藍の葉もある。

把っ手を力一杯回して、搾汁器に挟まれた樽を上下に潰すように圧を加える。右の指の二本は折れて動かないので、三本の指を引っ掛けて体全体を使って、樽の中にある青柿を搾る。武蔵との決闘で折れた左腕は添えるだけだ。緑色の液が、底につけた竹筒からしみ出してきた。

「憲法先生」と、小屋の入口から声がかかったが、顔を上げずに把っ手に力を入れ続ける。樽だけでなく、骨も軋み出す。

「ちょっと、憲法先生、聞いておられますか」

大きな声がかかるのと、搾り終わるのは同時だった。

「もう、儂は憲法ではない。ただの吉岡源左衛門だ」

汗を拭《ふ》きつつ、搾った汁に目をやる。小さな桶《おけ》の半分ほどは溜《た》まっているだろうか。

「私は吉岡の剣の弟子でもあり、あなたの染物の師匠でもあります」

かつての憲法こと、吉岡源左衛門は顔を入口へと向けた。熟した果実のように大きな額と顎を持つ吹太屋が立っている。

「憲法の名は弟と従弟に譲った」

源左衛門が武蔵との戦いに敗れた後、弟と従弟は憲法の名をどちらが継ぐかで争い、今や吉岡は二派に分かれてしまい、かつての隆盛はない。

「私めは二代前の憲法先生から知っておりますが、又市郎様も清次郎様も憲法の名を継ぐには力不足でしょう」

吹太屋は静かに頭を横に振りつつ、言葉を継ぐ。

「この吹太屋が、憲法と認めるのは、この世にただひとりでございます」

吉岡源左衛門のことを凝視する。

「剣を振れぬ男を師匠と崇《あが》めるお前も酔狂だな」

一方の吉岡源左衛門は、吹太屋に弟子入りし染物の修業に励み、とうとう堀川のほとりに小さな店を構えるまでになった。吉岡源左衛門が弟子入りする際に、吹太屋から出された条件が、剣の師弟の関係を続けることだった。だから、今も吹太屋は吉岡源左衛門に敬語を使う。

「では、ここからは剣の弟子ではなく、染物の師として言わせてもらいます」

腕を組んだ吹太屋は小屋の隅に置いてあるものに目をやった。

「これは何でございますか」

顎で示した先には、折れた刀や釘《くぎ》、刃こぼれした包丁などが置いてあった。

「京の水が金気を嫌うのは知っておりましょう。鉄を仕事場から遠ざけねば、京の色は出ませぬぞ」

　眉間に皺を刻む吹太屋の姿は、仁王像のようだ。

「それよ」と汗を拭きつつ、吉岡源左衛門は吹太屋と正対した。

「三日の後に、堀川で染物を披露したい。師であるあんたに、まずは見てほしい」

「それと、この物騒な金物と何の関係が」

「来てくれればわかる。吉岡源左衛門渾身の染物だ」

　そう言って、再び搾汁の把っ手を摑む。ウンと呻きつつ力を振り絞ると、緑がかった液が血を流すかのように竹筒から迸った。

（八）

「おい、李《り》よ、もう少し生地の右側を引っ張ってくれ」

　浅い堀川の流れに足首を浸しつつ、吉岡源左衛門は唐《とう》から渡ってきたという奉公人に指示を出す。染め上げた生地を、堀川の水で洗っているのだ。

「旦那《だんな》様、吹太屋のご主人です」

　奉公人の李の声に後ろを向く。吉岡源左衛門を見下ろすようにして、吹太屋が河原に立っていた。川面《かわも》が陽光を反射するせいで、水中の生地の色を判じかねているようだ。目を細めて首を突き出している。その背後には、空に滲みそうな澄んだ色あいの布々がはためいていた。

「来たか、吹太屋。今、川から上げるゆえ、とくと見ろ」

奉公人の李と目配《めくば》せして、一気に川から生地を引き上げた。糸のように細かった吹太屋の目が見開かれる。

「こ、これは……黒染めか」

吉岡源左衛門の手にする生地を見て、吹太屋は呻いた。想い通りの反応に、奉公人の李と笑いを交わらせる。

「今から岸に上がって、晒《さら》すゆえ、そこで待っていろ」

「何を暢気《のんき》なことを言っているのです。黒染めは専門の染め屋がいるのはご存じでしょう。堀川に住まう我らが染める色ではございませぬ」

吹太屋は顔を強ばらせて、川から上がった吉岡源左衛門に詰めよる。

「よく見ろ。ただの黒染めではないぞ」

渡した紐《ひも》の上に、李とふたりで生地を掛ける。

「どういうことでござ……」

吹太屋の口は、半ば開いたままで固まった。震える手で憲法の染物を指さす。

「こっ、これは……、茶か」

生地は一見すれば黒い。しかし、よくよく見れば、ただの黒ではないことがわかる。

「限りなく黒に近い茶だ」

吉岡源左衛門の声が聞こえぬかのように、吹太屋は立ち尽くしている。視線を塗りつけるかのように、生地に目をやり続ける。

「武蔵との立ち合いで視えた色だ」

武蔵の木刀を左手で受け止め、憲法としての最後の一振りが眉間の皮を斬った。あの時、武蔵の盲いたかのような黒い闘気と、己の淡く澄んだ黄色い気、そして噴き上がる血が混ざりあったのだ。そして、ふたりの間合いの中央に、憲法が見たこともない色が現れた。

「この色を生むために、あえて水に金気を入れた」

折れた刀や釘などの金物はそのためのものである。

吉岡源左衛門は吹太屋の反応を待った。一体、いつまでそうしていただろうか。川から引き上げた生地の水気が半分ほど飛んだ頃、吹太屋はゆっくりと口を動かす。

「憲法黒」

「なに」と、吉岡源左衛門は聞き返す。

「憲法黒、という名前はいかがでございましょうか」

思わぬ言葉に、今度は吉岡源左衛門が訝しむ番だった。

「お見事でございます。とうとう新しい色を生み出されましたな」

乾き始める生地とは対照的に、吹太屋の目は潤み始める。

「よくぞ、ここまで深い色を創られました。水に金気を含ませるのは邪道ですが、それを補って余りある色でございます」

目頭を腕で拭い、さらに吹太屋は言葉を継ぐ。

「染物の師として僭越《せんえつ》ながら命名させて頂きます。〝憲法黒〟と。この色こそ、天下無敵の憲法の名を冠するにふさわしくあります」

いつのまにか、何人もの染物の職人たちが吉岡源左衛門の染めた生地を囲んでいた。かつて安楽庵策伝の屋敷で武蔵の絵と対峙した人々のように、足に根が生えたかのように見入っている。

「もし、この色は何という」

「そうじゃ。どうやって、この黒とも茶ともいえぬ色を出した」

何人かの職人は吹太屋や吉岡源左衛門に近寄り、声をかける。憲法黒という言葉がさざ波のように、囲む人たちの間に広まる。

「憲法黒か」

呟いた言葉は、ストンと吉岡源左衛門の胃の腑《ふ》の底に落ちた。

己の体の欠片を補うかのようではないか。

空の色を写し取ったかのような布がたなびく堀川の河原に、異端の憲法黒がその力強い色を誇示するかのようにはためく。

皆伝の太刀

（二）

「勝つとは、どういうことなのだ」

そんな呟《つぶや》きが、幸坂甚太郎《こうさかじんたろう》の耳に聞こえてきた。左右の手で振り下ろそうとしていた、ふたつの木刀が止まる。誰が発した言葉だ、と甚太郎は左右を見わたした。汗だくになりながら二刀を振るう男たちが、ひしめいている。

ここは江戸《えど》にある円明流《えんめい》こと、宮本《みやもと》〝武蔵掾《むさしのじょう》〟玄信《はるのぶ》の道場だ。十三歳で鹿島新当流《かしましんとうりゅう》の有馬喜兵衛《ありまきへえ》を倒し、クサリ鎌のシシドや京の吉岡憲法《よしおかけんぽう》という強敵を破り、二十代の半ばを待たずに居を構えた。

体だけでなく顔にまで生傷をこしらえた男たちが、一心不乱に木刀を振っている。先程の呟きは彼らではない。かといって、欠けた耳に手をやり、「生温《なまぬる》い打ち込みをすれば、頭を砕くぞ」と、怒鳴る青木条右衛門《あおきじょうえもん》でもない。

庭に面した広縁のところに、ひとりの若者が立っていた。長い髪を後ろで束ねている。くすんだ稽古《けいこ》着《ぎ》と南蛮袴《ばかま》のカルサンで包まれた体が、いかにしなやかで強靭《きょうじん》かは立ち姿だけでわかる。左の臑《すね》には、包帯のように朱色の布を巻きつけていた。

「武蔵」と、甚太郎は語りかけた。

振り向いた顔は、数十余の命のやり取りをしたとは思えぬほど秀麗だった。額に薄く縦一文字の傷があるが、これは吉岡憲法との決闘でできたものだ。傷の代償として憲法が一生刀を握れぬ体になったことは知っている。

「武蔵、お前、さっき何と言った」

「ああ、少しわからぬことがあってな」

素っ気なく武蔵は答える。

「青木さんに相談したか」

武蔵はかすかに半面を歪《ゆが》めた。どうやら、青木条右衛門には話せぬ類《たぐ》いのことらしい。

「勝つとはどういうことか、と聞こえたぞ」

「そうだ。己は……、勝つという意味がわからない。いや……わからなくなった」

空に浮かぶ文字を読むかのようだった。吉岡憲法でさえ倒した男が、なぜそんな簡単なことに悩むのだ。

甚太郎が笑い飛ばそうとした時、道場の入口から「頼もう」という大声が飛び込んできた。全員が一斉に入口を向く。十数人の武芸者が逃げ道を塞《ふさ》ぐように立っていた。全身から立ち昇る闘気から、用件は訊《たず》ねるまでもない。道場破りである。

旧友に出会ったかのように目を細めたのは、青木条右衛門だ。欠けた耳たぶを愛《あい》撫《ぶ》しつつ、「これはこれは」と猫撫《な》で声を出す。仲間ながら、薄気味が悪い。

一際大きな男が青木を押しのけた。地につきそうな長い白羽織を勇ましく翻し、勝手に上がりこむ。背に大書された〝夢想権之助《むそうごんのすけ》〟という文字を見せびらかすかのようだ。

青木条右衛門が、武蔵のもとへと歩み寄る。微笑みで下がった目尻《めじり》とは対照的に、瞳《ひとみ》は殺気でぎらついていた。

「わかっているだろうな、弁助《べんのすけ》。生死無用の立ち合いだ」

いつもなら立ち合いと聞けば吊《つ》り上がるはずの武蔵の眦《まなじり》が、困惑するように歪んだ。甚太郎は、武蔵と青木を交互に見る。

「貴様が、吉岡との立ち合い以来腑《ふ》抜《ぬ》けているのは知っている」

顎《あご》を少し引くようにして、武蔵は目線を下にやる。

「奴の脳天をかち割り、その血潮で顔を洗い、目を覚ませ」

武蔵が何かを言わんと口を開きかけたところで、青木がかぶせるように言葉を継ぐ。

「儂《わし》の言葉は、貴様のお父上の言葉も同然と心得よ。生温い戦いをして、無二《むに》先生を失望させるな」

巨軀《きょく》から振り下ろされる木刀は、落雷のように甚太郎には感じられた。だが、その下にいる武蔵は不動である。両手に大小二本の木刀を垂らして、佇《たたず》むように立つ。

夢想権之助の木刀が武蔵の額を割ったと思った刹那《せつな》、武蔵の左腕が動いた。短い木刀で剣戟《けんげき》を払い、体をいなす。

棒が倒れるように、夢想権之助の巨体が揺らいだ。歯を食いしばり体勢を整えようとするが、もう遅い。甚太郎は、道場破りの頭蓋《ずがい》が割れる様を想像した。もし運良く一命を取り留めれば、こ奴も俺たちの仲間になるのかな、と暢気《のんき》に考える。

次の瞬間、甚太郎は目を見開いた。

武蔵が木刀を振りかぶっていなかったからだ。夢想権之助の首筋に、武蔵の木刀が優しく添えられる。真剣ならば、頸動脈《けいどうみゃく》が切られていたことになる。

勝負ありだ。

夢想権之助は無論、甚太郎らも含め、皆声も出せない。夢想権之助の一行は武蔵の体捌《たいさば》きに呆然《ぼうぜん》とし、対照的に甚太郎らは傷ひとつ負わせずに勝敗を決した武蔵に愕然《がくぜん》とした。

激しく震える男がいる。欠けた片耳が真っ赤に染まっていた。青木条右衛門だ。灰色の口髭《ひげ》を割るように吠《ほ》える。

「弁助、貴様、何をしている。それでも無二様の子か」

指を突きつけた。

「なぜ、頭蓋を割り、首を折らぬ」

だが、武蔵は一瞥《いちべつ》さえしない。

「夢想権之助とやら」

青木条右衛門は、突如として怒りの矛先を変えた。

「貴様、それでも武芸者か。血の一滴も吐かずに負けて、悔しくないのか」

呆然としていた顔に、正気のかわりに怒気が満ちる。

道場破りが叫んだ。

「も、もう一番」

再び木刀が武蔵の頭を襲う。

だが、その一撃も武蔵は極限まで引きつけ、左手の木刀で払う。たまらずに、体勢を崩す夢想権之助。そしてまた首筋に、木刀が添えられた。

夢想権之助は幾度も立ち向かい、その都度木刀をいなされる。

打ち込みが十数度を数えた時、初めて武蔵は左腕以外を使って防御した。斜め十文字に二刀を交差させたのだ。その交点で、道場破りの木刀を挟みこむ。

両者、動かない。いや、夢想権之助は動けない。凄《すさ》まじい力で二刀が木刀を搦《から》め捕っていることが、苦悶《くもん》の表情から察することができた。

やがて、力尽きたかのように両手を離し、道場破りは膝《ひざ》を床に打ちつける。

「負けた……、降参じゃ」

巨軀には不似合いな、か細い声だった。

（二）

「弁助は変わった」

夕陽が差し込む道場で、青木条右衛門が重々しく言い放った。車座に武蔵の弟子たちが囲み、その一角に幸坂甚太郎もいる。夢想権之助との立ち合いから、数ヶ月が立つ。何度か道場破りが来たが、武蔵はいずれも傷ひとつつけずに帰していた。

「人が変わるだけならいい」

言ったのは、甚太郎の横にいる男だ。

「武蔵の剣法自体が変わっちまった」

何人かが頷《うなず》き、青木は腕を組んで表情を硬くした。

確かにそうだ、と甚太郎も思う。これまでの武蔵の剣は、たとえるなら氾濫《はんらん》する河川だ。圧倒的な力で、相手を捩《ね》じ伏せる。

だが、最近は違う。刀をぎりぎりまで引きつけ、左で持つ木刀で軽くいなす型をしきりに稽古していた。

「あんな女の踊りみてえなやり方は、武蔵流じゃねえ。俺たちは、もっと雄々しいものに憧《あこが》れてんだ」

弟子のひとりが拳《こぶし》を床に叩《たた》きつけた。すかさず何人もが同調する。

ここにいるほとんどが、半野盗半武芸者という前歴の持ち主ばかりだ。旧主のもとで殺人を犯し、出奔した者もいる。そして道中で武蔵と立ち合って負け、弟子になった。

甚太郎もそうだ。山奥で野武士たちと追いはぎをしていた時に、武蔵に立ち合いを挑まれた。暴風が吹き抜けるような刀は仲間を薙《な》ぎ払い、甚太郎自身も深い傷を負った。一命をとりとめたのは奇跡で、その褒美として武蔵一行に加わることが許された。負けたとはいえ、悔しいとは思わない。力量差が圧倒的だったからだ。逆に、己の前歴さえ吹き飛ばすかのような武蔵の剣に惚《ほ》れた。口にはしないが、皆同じ思いだろう。

「けど」と零《こぼ》したのは、甚太郎の目の前にいる男だった。落合忠右衛門《おちあいちゅうえもん》といって、この中では最近入門を許された武士だ。赤い頰に少年の面影が残っている。

「武蔵さんのやってることは、理にかなっている」

甚太郎らは押し黙り、青木条右衛門も反論はしなかった。

確かにそうである。

振り下ろしたばかりの刀は、軌道を変えられる。それを利して、相手に面を打つと見せかけて、胴や小手を斬る。そんな技は、どの流派にもある。

だが、振り下ろされた刀は、ある瞬間から軌道を変えられなくなる。切っ先が相手を襲う寸前にだけある、一瞬の太刀筋だ。これを剣術の世界では〝飛刀の間《ま》〟と呼ぶ。投げ放った飛刀が、意のままに操れない様子からついた名だ。武蔵はそこまで引きつけて、左の得物で刀を払う。敵は払われた方に体勢を崩すので、後は容易《たやす》い。首筋に刃を添えるだけで頸動脈を断てる。

が、危険も多い。

斬撃《ざんげき》を払うのが少しでも遅れれば、こちらが絶命するからだ。

「おい、忠右衛門。お前ごときが本気で武蔵の剣を真似るつもりか」

忠告のつもりで甚太郎は声をかけたが、落合忠右衛門の顔色が一瞬で変わる。

「どういう意味ですか」

「刀をぎりぎりまで引きつけるんだぜ。武蔵だからできるんだ。真似すれば、あの世行きだ」

実は、甚太郎も何度か武蔵の型を試していた。木刀といえど振り下ろされる凶器を身に引きつける恐怖は、筆舌に尽くし難い。甚太郎は結局、飛刀の間まで辛抱することができなかった。

「そりゃ、甚太郎さんが臆病《おくびょう》だからだろ。俺は違う」

「なんだと」

思わず片膝立ちになる。床に置いた刀に、ふたり同時に手をやろうとした。

「やるなら外でやれ。だが、どっちが勝っても儂が始末させてもらう」

青木に一喝された。

最近では、江戸も果たし合いや真剣勝負にうるさい。刃傷沙汰《ざた》になれば、立ち上げた円明流は潰《つぶ》されてしまう。互いに舌打ちをして、尻を床につけた。

「とにかく、俺はあんな踊りみてえな剣法は認めねえ」

甚太郎の横の男が叫んだ。

「頭蓋を叩き割るのが武蔵流だ。鶏の血抜きみてえに血管を切るなんて、武士のすることじゃねえ」

ほとんどの男たちが同調した。

甚太郎は、賛成も反対もしない。落合忠右衛門とは言い争ったが、実は武蔵の新しい剣に興味を惹《ひ》かれている。

「青木さん、このままじゃ立ち上げた円明流が婦女子の習い事と勘違いされちまう」

「そうだ。道場破りが来たら、少なくとも骨の四、五本はへし折らねえと、舐《な》められる」

これには、甚太郎も頷かざるを得ない。吉岡憲法との立ち合いで、武蔵は額の血を拭《ぬぐ》わずに外へ出た。それを見た京の民は、「武蔵が敗れた」と噂を流したのだ。綺麗《きれい》な体のまま円明流の道場から帰しては、いずれ同じ噂が江戸にも立つ。

「青木さん、俺たちは本気で心配してるんだ。最近、武蔵の奴は俺たちに内緒で出かけてる。どうも、よからぬ奴らに牙《きば》を抜かれてるんじゃねえのか」

青木条右衛門は腕を組んだまま、目を閉じた。欠けた耳が不気味に蠢《うごめ》いている。憤りを必死に抑えている証左だ。

「実は無二先生には、もう弁助が腑抜けたことは伝えている」

全員の体が、金縛りにあったように固まる。宮本無二がいかに暴虐な男かは、武蔵や青木から嫌というほど聞かされていた。いや、美作《みまさか》の狂犬といえば、知らぬ者はいない。

無二は天下に鳴り響く豪の者ながら、勝つためなら手段を選ばないと評判だ。かつて、無二が仕えた美作の新免《しんめん》家に、本位田外記《ほんいでんげき》という豪傑がいた。無二の弟子にして互角の遣い手と評判だったが、本位田は罪を犯し出奔する。その際の討ち手が、宮本無二だった。この時、無二は尋常の勝負をしなかった。赤子を抱いた本位田外記を、赤子ごと刺し貫いたと評判だ。以来、美作の狂犬と呼ばれるようになる。今は、細川《ほそかわ》家家老で九州豊後《ぶんご》杵築《きつき》の領主松井《まつい》康之《やすゆき》の食客になっているはずだ。

青木条右衛門が、ゆっくりと瞼《まぶた》を上げた。

「無二先生を超える男に弁助を育てろ、と儂は命ぜられている。仕合えば、一合で先生を葬るほどの強者《つわもの》にせよと。それは技や力だけでなく、心もという意味だ」

腕を解き《ほど》、両手で膝頭を摑《つか》んだ。

「弁助が変わったと聞けば、きっと無二先生は江戸へ来る。その時まで座して待つわけにはいかぬ。かといって、弁助の気性では、生半可なことでは逆に意固地になろう」

口元の髭を指で梳《す》く。

「甚太郎」と急に呼びかけられて、慌てて返事をした。

「貴様は弁助と付き合いも古い。奴めについて、どんな士と交遊しているか突き止めろ」

（三）

円明流の道場には、小さな庭を挟んでいくつかの部屋があった。そのうちのひとつは、甚太郎らが雑魚寝《ざこね》する広間だ。隣には、武蔵が寝起きする部屋もあった。壁には水墨画のようなものが、左右に二幅かけられている。絵を前に、武蔵は腕を組む。

横では、甚太郎が胡座《あぐら》をかきつつ様子を観察していた。

ニャアと声がして、視線を横にやると庭に黒猫の親子が数匹いた。親猫の乳に、仔猫《こねこ》が必死に吸いついている。親子全て色が黒く、皆左足の先だけが白かった。

武蔵の奴、確かに変わったかもしれない。

吉岡憲法との決闘が終わった後、何を考えたか、武蔵は大和《やまと》へと戻ったのだ。シシド退治のために逗留《とうりゅう》した町へ行き、そこで病気持ちの千春《ちはる》という女を自由にした。シシド退治のために逗留した町へ行き、

だけでなく、江戸に道場を普請した時に呼び寄せて面倒も見ようとした。女は舟旅の途中で呆気《あっけ》なく病死して、形見として女がずっと抱いていた黒猫だけがやってきたのだ。

黒猫は江戸に来てから子を孕《はら》み、道場の庭の一角を巣として育てている。敏捷《びんしょう》な猫をどう打つかを考えるのは稽古になる、と武蔵は言っているが本当だろうか。時に黒猫の親子を見つめる武蔵の目は、武芸者のそれではないと甚太郎は感じていた。

何より、変わったのは武蔵の絵だ。

甚太郎は、視線を庭から部屋の壁へと戻した。

京にいる時、安楽庵策伝《あんらくあんさくでん》という和尚の求めに応じ描いた絵とは違う。あの時は骸《むくろ》

のような枯れ木を、紙一杯に黒一色で描いていた。今は一本の細い枝に止まる鳥を描いている。濃淡の少ない黒の遣い方は相変わらずだが、余白をたっぷりと取った構図だ。かつて感じた虚無のようなものは鳴りを潜めている。

「甚太郎、どちらの絵がいいと思う」

絵に顔を向けたまま、訊《き》かれた。

「そんなの俺にはわからねえよ。けど……」

言い淀《よど》みつつ、右の絵を指さした。

「どうしてだ」

半身になって武蔵が質問を続ける。どちらも同じ画題だが、一方の枝は下から上に出て、もう一方は左から中央に出ている。甚太郎が指さしたのは、下から上へと枝が出るものだ。

「上手《うま》く言えねえけど、枝の下にはどんな花や葉が茂ってるのかなって」

武蔵は頷いて、甚太郎が示した方の絵を丸めて紐《ひも》で結び、差し出した。

「今から出る。ついて来てくれ」

提灯《ちょうちん》を持つ武蔵が、画を持つ甚太郎を先導して夜の江戸の町を歩いていた。武蔵はポツポツと絵のことを語る。なぜ、絵を描くのかを甚太郎が訊ねたからだが、もしかしたら剣術以外の話をするのは初めてかもしれない。

武蔵が言うには、絵にも剣にも共通するものがあるという。例えば、一本の枝を描く時、白紙のどの部分に描くかと、相手のどこへ打ち込むかは似ている、という具合だ。

「武蔵、お前、本当に絵が好きなんだな。母ちゃんがそうだったのか」

軽い気持ちで訊いたのだが、途端に武蔵の顔つきが硬くなった。いや、表情がなくなったというべきか。

「かもしれん。己は、母は知らんがな」

あまりにも素っ気ない口調だった。慌てて話の接ぎ穂を探す甚太郎の足が止まる。

甚太郎と武蔵の前方に誰かがいる。武士ふたりが提灯を持って立ちはだかっていた。尋常の男ではないとわかる。扇子の握り方で剣の技倆《ぎりょう》がわかると聞いたことがあるが、それは提灯でも同じだと甚太郎は悟った。

持っていた武蔵の絵を地に落とし、素早く前へと飛び出る。

「おい」と武蔵が声を発するが無視して、足裏を躙《にじ》らせる。ふたりの武士の盛り上がった筋肉は、夜でもよくわかった。屋敷から漏れる灯《あか》りが、使い込まれた二刀の柄《つか》を照らす。

「そこの主従は、宮本武蔵殿ご一行か」

語りかけるふたりの武士の顔相まではわからない。気負いのない声が、逆に実力を裏付けているかのようだ。

「まずは、そちらから名乗られよ」

平静を装って声をかける。まだ鯉口《こいぐち》は切らない。下手にこちらから鯉口を切れば決闘を仕掛けたと解釈され、江戸を追放されかねない。

武士ふたりは、首を少しだけ動かして顔を見合わせた。再び正面を向く。

「柳生新陰流《やぎゅうしんかげ》流、大瀬戸《おおせと》」

「同じく柳生新陰流、辻風《つじかぜ》」

脂汗が、甚太郎の鬢《びん》をたちまち濡《ぬ》らす。柳生新陰流といえば将軍家剣術指南役を務める、日ノ本一の流派ではないか。

「宮本武蔵殿のご一行だな。お待ちしていた」

ひとりが持っていた提灯で、屋敷の前の暗がりを照らした。つられてはならぬと思いつつも、眼球が動く。看板があり、そこには端正な字で『剣画之会』と墨書されていた。

（四）

幸坂甚太郎から見ても、それはまさしく真剣勝負だった。宮本武蔵は料理屋の二階で膝をつき、柳生新陰流の大瀬戸と対峙《たいじ》していた。両者の眼光は、ちょうど中間にある畳の上で結ばれている。

「おのれ、動くな」と、呻《うめ》いたのは大瀬戸だった。

袖捲《そでまく》りした腕の先にあるのは刀……ではなく絵筆である。慎重な筆遣いで、目の前の紙に何かを描きつけている。

「おいおい、どうした大瀬戸。三国一の強力《ごうりき》と謳《うた》われたお主が、亀ごときに手こずるのか」

見届け人のような位置から野次を飛ばしたのは、柳生新陰流の辻風だった。

武蔵と大瀬戸の中間には、一匹の亀がいた。ゆっくりと歩いている。それを、岩のように盛り上がった筋肉を持つ大瀬戸が、一心不乱に模写していた。背後には三幅の絵があり、うちひとつは武蔵が描いた鳥と枝だ。残りのふたつは美人画と武者絵で、柳生新陰流のふたりの作だという。

「ああ、また動いた」と、大瀬戸は顔を歪める。

武蔵が訪れたのは『剣画之会』と称する絵を競う場だった。画題を出席者が持ち寄り即興で描いて、優劣を決める。なんでも京で世話になった安楽庵策伝が徳川家《とくがわいえ》康《やす》の若き腹心・林羅山《はやしらざん》に頼み、絵に嗜《たしな》みのある柳生の剣士を紹介してもらったという。

甚太郎にとって不思議なのは、武蔵の剣客ではない一面を評価する士が意外と多いことだ。安楽庵策伝だけではない。禅僧として若くして高名な京の愚堂東寔《ぐどうとうしょく》、そしてこの会を紹介した林羅山などもそうだ。道を究める人として、武蔵に何らかの魅力を認めている。

「おお、大瀬戸、線香の火が尽きるぞ。今宵《こよい》、初めて武蔵殿に勝てるのではないか」

亀の横には一本の線香が立ち、燃え尽きるまでに画を仕上げるという約束事だ。が、武蔵は腕を組んで亀を見ているだけで、紙は真っ白である。一方の大瀬戸は手足の向きはちぐはぐながらも、亀の姿は八割方できている。

線香の長い灰がポロリと落ちた。驚いたわけではないだろうが、馬がいななくように亀の両前足が持ち上がる。

武蔵は目を大きく見開いた。組んでいた腕を解き、硯《すずり》に伸ばし絵筆を摑む。そして、一気に毛先を奔《はし》らせる。斬りつけるように筆を操り、墨が飛んだ。

「むう」と唸《うな》ったのは、辻風だ。

武蔵の前の紙を凝視する。雄々しくも、立ち上がらんとする亀が描かれていた。

相変わらずの濃淡のない黒だが、それが二本足で立つ亀の躍動を強めている。

「こりゃあ、勝負の決をとるまでもない。幸坂殿もそう思うだろう」

線香が燃え尽きる前に、辻風は甚太郎に語りかけた。

「絵のことはわかんねえよ」

他流派となれ合う気はないので、甚太郎は吐き捨てる。

「おい、辻風、貴様、同じ柳生新陰流の仲間なのに、武蔵殿の肩を持つのか」

「阿呆《あほ》う、ここでは剣の話は禁句。安楽庵策伝和尚と林羅山様のお言葉を忘れたのか」

辻風は、どけと手で命ずる。

大きな体に亀を抱いて、大瀬戸は素直に隅っこに座った。

「では、次は某《それがし》がお相手仕《つかまつ》る」

辻風は武蔵と対面する。油断のない動きだ。もし、刀を抜いて斬り掛かるなら、勝つのはと甚太郎は想像する。顔が歪むのを自覚した。こいつは強い。悔しいが、勝つのは難しい。あるいは、青木条右衛門や武蔵でも不覚を取りかねない。

「辻風殿、画題は用意されたのか」

武蔵から人に語りかけるのは滅多にないことなので、甚太郎は少し驚いた。いつもは硬い顔つきが、今日は柔らかみを帯びているような気もする。

「フフフ、残念ながら、このまま武蔵殿を気持ちよく勝たせては柳生新陰流の名折れ」

「おい、お前こそ、流派の名を出すな」

大瀬戸の言葉を無視して、辻風は続ける。

「最初に言っておくが、某は剣でも絵でも、勝つためなら手段は選ばん。では、用意した画題を呼ぶとするか」

辻風は手を叩いて合図をした。

襖《ふすま》が開いて、「ああっ」と声を上げてしまった。甚太郎だけではない。亀を抱いた大瀬戸もだ。武蔵でさえ口をかすかに開いて、呆然としている。

入ってきたのは、薄い小袖を着た女だ。はだけた胸元から、豊かな乳房が覗《のぞ》いている。

「ウフフフ。武蔵殿は、かつての上杉謙信《うえすぎけんしん》公のように女人を遠ざけているとか。さて、そんな武蔵殿が、果たして女という画題を上手く描けるかな」

「卑怯《ひきょう》だぞ」と指を突きつけたのは、武蔵ではなく大瀬戸だった。

「この女は、夕霧《ゆうぎり》ではないか。お主の馴染《なじ》みの女を連れてきたのか」

「そうとも。馴染みの女は駄目だという約定はない。覚悟されよ、武蔵殿。某はこの女のことなら、目を瞑《つぶ》っても描けるゆえな」

ふたりの中間に、夕霧という女はしなをつくるように尻を落とした。武蔵は座したまま動かない。女の視線を受けて、金縛りにあったかのようだ。

「けっ、馬鹿馬鹿しい」

思わず吐き捨てた甚太郎を、夕霧が睨《にら》む。さすが柳生新陰流の達人の女だけあり、女博徒のような鋭利な眼差《まなざ》しだ。

甚太郎は気づく。武蔵の顔に徐々に変化が現れつつある。両の口角の皮膚が、柔らかくなっていた。

まさか、微笑もうとしているのか。

「受けて立ちましょう」

線香の火が灯《とも》るのも待たずに、武蔵は絵筆を握った。

「これは参った。武蔵殿の天分は剣だけではなかったようだ」

辻風は両手を上げて、降参の意を示す。武蔵の描いた絵を皆が囲っている。

「まさか、女をこういう風に描くとはな」

亀を抱いた大瀬戸が言葉を落とした。武蔵が描いたのは、夕霧の体の一部だった。女の柔らかい右腕が白紙の上から中央に伸び、手には枝が握られている。先には地面があり、何かの絵をなぞっていた。動物のようだ。猪かと思ったが、それにしては鼻が足よりも長く、耳は太鼓のように大きい。

「ちょっと、待ってくれよ」と言ったのは、甚太郎だ。

「おかしいじゃねえか。この女は、こんな仕草はついぞしなかったぞ」

さらに横を見る。辻風が描いた絵があり、遊女がしなだれる全身の図だ。

「こっちの方が正しく描けている」

辻風が失笑したので、睨みつけた。

「幸坂殿、絵とはな、人の心を豊かにするために描くものだ」

大瀬戸が亀の頭を撫でつつ言う。

「武蔵殿の絵には味がある。なぜ、こんな異国の獣を描いたのか。誰に描いてやっているのか。そんなことを考える楽しみがある」

「それじゃあ、この女を連れてきた意味がねえだろ」

辻風と大瀬戸は目を見合わせて頷く。

「夕霧、これを持ってみな」

辻風から渡された筆を握り、女はものを描く仕草をした。

甚太郎は思わず前のめりになる。筆を持つ夕霧の腕は、武蔵の絵と寸分違《たが》わず同じだったからだ。指の長さ、手首の太さ、少し小指を伸ばした握り方。違うのは、枝ではなく筆を握っていることぐらいだ。

「武蔵殿は見るのではなく、観ている」

大瀬戸の言葉の意味を理解できず、目だけで先を促す。

「六十有余の果たし合いを生き抜いた眼力というべきか。夕霧の体つきを観て、どう筆を握るかを瞬時に悟り、その上で描いた」

大瀬戸の言葉に反応したのは、辻風だ。足をだだっ子のように放り投げる。

「馬鹿野郎。そんな丁寧に教えるんじゃねえ。負けた方の身にもなれ」

そのままふて腐れたように、夕霧の柔らかい膝の上に頭を預ける。女は辻風をあやしつつ、武蔵の絵を片手で拾い上げた。

「不思議な絵ね」と、呟く。

「楽しげなのに、どうしてかしら。とても哀しい気分になる」

甚太郎は、夕霧から武蔵に視線を移した。

同年代の剣の師匠は、膝に手をやって俯《うつむ》いている。そういえば大和の国でシシドという男を退治した後に、誰かが言っていた。武蔵が病気持ちの女に、象とかいう異国の獣の絵を描いてやったと。もしかして、これがその象なのだろうか。

（五）

幸坂甚太郎は、ぶらぶらと夜の町を歩いていた。剣画之会から武蔵を道場に送り届けた後だ。ひとり夜風に当たる。十五年前に徳川家康が入府してから、江戸と名を変えた町は、まだ暗闇や空き地が多い。堀のそばに佇み、懐に手をやった。取り出したのは、布に巻かれた一本の絵筆だ。大瀬戸と辻風と別れた時のことを思い出す。

「見てるだけでは、つまらんだろう。次は貴殿も絵を描かれよ」

そう大瀬戸が言ったのだ。

「絵筆なんか持ってねえよ」

鼻で笑ったのに、無視された。

「ならば、これを譲ろう。拙者の古くなったものだ。もう使わぬので、気にするな」

布に包まれた絵筆を押しつけられたのだ。

堀を打つ水音を聞きつつ、もらった絵筆を月明かりにかざした。不思議な気分だ。

甚太郎は、何かを人からもらったことがない。欲しいものは、奪う。そうやって生きてきた。

「馬鹿馬鹿しい」

堀に投げこもうとしたが、掌《てのひら》は絵筆を固く握っていてできなかった。ため息をつき、布で包み直した。

「おい」と、声をかけられる。

数人の男が近づいてくるのが見えた。足さばきが雑だ。大した奴らじゃないと、目を堀に移そうとすると、肩が触れ合う距離まで間合いを詰められた。

先頭の男が顔を近づける。斜視で左の黒目が、外側にずれていた。

「悪いことは言わねえ。手のものをよこせ」

陳腐な言葉で凄《すご》まれたが、微塵《みじん》も怖いとは感じない。どうやら、布の中身を銭と勘違いしたらしい。

「こいつは無理だ」

そう答えると、男の眼光が強くなった。

「そんな顔をするな。かわりに、もっといいもんをやる」

言い終わる前に、甚太郎は斜視の男の鼻面に拳をめり込ませていた。

地に伏す男たちは呻き声を上げている。叩きのめすのに四半刻《とき》（約三十分）も必要なかった。「俺も甘いな」と呟いたのは、殴るにとどめたからだ。骨さえも折らなかった。周りに人影はないので、殺しても問題なかったにもかかわらずだ。青木条右衛門に知られれば、きっと「生温い」と一喝される。

また懐に手をやって、布を取り出した。生地の上から絵筆の感触を確かめる。

「けっ、俺も武蔵と同じだ。腑抜けちまった」

にもかかわらず、口端が笑みを象《かたど》ろうとするのはどうしてだろうか。

（六）

幸坂甚太郎は、歯を食いしばった。そうしていなければ震えが全身を覆い、逃げ出してしまっていただろう。

武蔵の木刀が、唸りを上げて襲いかかる。

「まだだ」と、心中で叫んだ。

もっと引きつけろ。飛刀の間まで、我慢しろっ。

両の手に持つ木刀が汗で滲《にじ》んだ。

悲鳴混じりの気合いと共に左の木刀を動かしたのは、切っ先が飛刀の間に入ったと判断したからだ。だが、木刀は虚《むな》しく空を斬る。

武蔵が、木刀の軌道を変化させていた。甚太郎は、傾ぐ重心を戻せない。

背中に一撃を受けて、体が呼吸の機能を失う。両膝と両手をついて、道場の床に踞《うずくま》る。四肢を踏ん張って、やっとか細い息ができた。

「くそ」と呟いたつもりが、荒い呼吸の音しか吐き出されない。

また、駄目だった。武蔵の木刀を飛刀の間まで引きつけられなかった。

「まだまだだな」

淡々とした武蔵の声が落とされて、視界が歪む。痛む背中を気にしないふりをして立ち上がるが、足はふらついていた。仲間たちが空けてくれた空間に倒れ込む。

呼吸を整えて、座り直した。

「甚太郎、何だそれは」

両側の仲間たちに訊ねられた。見ると、掌に墨がいっぱいについている。慌てて隠す。

「な、なんでもねえよ」

もらった絵筆で、密《ひそ》かに絵を描いているのは仲間にも言っていない。唯一知っているのは、武蔵だけだ。剣画之会に同行し、甚太郎は拙《つたな》い絵を披露するようになっていた。

「まあ、惜しかったぜ。武蔵の剣をあそこまで我慢すりゃ上出来だ」

乱暴に肩をはたかれて慰められた。

視線を落とし、股《また》の間にある掌を見る。汗を指につけてこすったが、墨は薄くならない。皮膚の下までしみ込んでいるかのようだ。唇を食む。

本当に俺は未熟だ。剣は無論のこと、絵も。

「おい、見ろ。次は忠右衛門だ」

甚太郎の思考を遮ったのは、仲間の声だった。顔を上げると、少年の面影を残した男が、武蔵と対峙していた。武蔵は両手で一本の木刀を握り、上段に構える。落合忠右衛門は二刀を下段に下げているが、全身に脂汗をかき激しく震えている。

「ありゃ、駄目だ。怪我だけですめばめっけもんだな」

何人かがせせら笑った。忠右衛門が怯《おび》えるのも当然だ。飛刀の間に入った武蔵の一撃を払うのが一瞬でも遅れれば、脳天を打ち砕かれて死んでしまう。

「忠右衛門、覚悟はいいか」

何気なく放った武蔵の「覚悟」という言葉は、様々な意味が含まれている。忠右衛門は返事のかわりに、音をたてて唾《つば》を呑んだ。

奇声と共に、武蔵の木刀が唸る。

吉岡憲法を再起不能にした、両手打ちの斬撃だ。忠右衛門の顔が極限まで歪む。左の木刀が動いたのは、忠右衛門の額が割れる半瞬前だった。

両隣の仲間たちが、立ち上がる。声も上げずに、否、声さえも上げられない。信じられぬ光景が目の前にあった。

武蔵の体が左に傾いでいる。飛刀の間にあった武蔵の切っ先を、忠右衛門の木刀がとらえたのだ。

武蔵の反応は疾《はや》い。すかさず一歩を踏み、傾いでいた重心を戻す。が、忠右衛門の木刀は震えながら、若き師の首筋に当てられた。

最初は、時が止まったのかと勘違いした。誰も一声も発さない。

「見事だ、忠右衛門」と、武蔵が深々と頷いた。

落合忠右衛門は腰を抜かし、無様に尻をつく。一瞥さえせずに武蔵は背を見せ、道場の隅にあった文机《ふづくえ》へ向かい、一枚の書状を取り上げた。

「よくやったな」

落合忠右衛門は、震える手で受け取る。仲間たちが腰を上げて、覗き込もうとした。甚太郎もそれに続く。

ざわめきが立ち昇った。

書状には〝免許皆伝〟の文字があったからだ。横には〝落合忠右衛門殿〟の文字、そして末尾には〝宮本武蔵掾玄信〟の署名。正真正銘、宮本武蔵の円明流の皆伝書だ。

落合忠右衛門が、惚《ほう》けたような目を向ける。

「先生、ご冗談でしょう」

武蔵は静かに首を横に振った。

「恐怖に打ち勝ち、よくぞ飛刀の間を見切った。もう教えることはない。先ほどの呼吸を思い出し、あとは自身で工夫し剣を磨け」

落合忠右衛門の目が急速に潤みだす。書状の重さに耐えかねるように、踞った。

「やった、やったぞ、お、俺は、やったんだ」

嗚咽《おえつ》の隙間から、声が聞こえてくる。

「俺は、もう昔の忠右衛門じゃない。二度と追いはぎみたいなことは、しなくていいんだ」

止めどなく流れる涙は、水溜《たま》りをつくるかのように床を濡らす。

「これがあれば道場を開ける。俺は、変われるんだ」

両側の仲間が、洟《はな》をすする音も聞こえてきた。

その様子を、甚太郎は無言で眺める。

なぜ、あいつにできて俺にできぬ。そう、呟いていた。

才はもちろん費やした鍛錬の時間でも、決して負けないはずだ。

ふと、武蔵の言葉を思いだした。


——剣と絵は似ている。


墨で汚れた己の手を見る。

武蔵のような絵が描ければ、俺も飛刀の間を見切れるかもしれない。

(七)

道場の門のところで、幸坂甚太郎は尻を地につけて座っていた。今夜も武蔵は剣画之会へ行くので、ついていくことになっている。懐から布に包まれた筆を出す。柄のところに〝幸坂甚太郎〟と刻みつけていた。

筆を持ち、地面のすぐ上で動かす。今日の画題は何であろうか。花や野菜なら前より上手く描けそうだが、動物だと苦戦するだろう。

武蔵と約束した刻限まで、まだ十分に時間があった。沈みゆく陽を受けつつ、自分の名を刻んだ筆を動かす。

甚太郎の手元に影が落ちた。刹那、総身が粟立《あわだ》つ。

にもかかわらず、動けない。いつもなら、飛び上がり刀に手をかけるはずだ。なのに、甚太郎の関節は凍りついたように固まっている。掌に汗が大量に溢《あふ》れ、握る柄を伝い、筆先さえ濡らした。

「顔を上げろ」

獣が人語をしゃべっているのかと勘違いする程に、禍々《まがまが》しい声質だった。

己の意志とは関係なく、首が勝手に持ち上がる。視界に映った男を見て、甚太郎の喉《のど》をうめき声がこじ開けた。

巨軀の男が仁王のごとくそびえ立っている。鎧《よろい》に命を吹き込んだかのように浅黒い肌をし、破片のような眼球が甚太郎を見据えていた。

「幸坂……甚太郎か」

絵筆に刻んだ名前を読み上げられた。

「青木から聞いている。武蔵の門弟だな」

どうして青木の名を知っているのだ。が、問い質《ただ》す声は喉の手前で萎《しぼ》む。太い指で、立てと命令された。糸で吊り上げられたように、脚が伸びる。甚太郎の目の前に、男の厚い胸板があった。針のような体毛の上に大小ふたつのクルスがある。

いや、違う。

大きな方のクルスは、左右と下のみっつの端が鋭利に尖《とが》っていた。十字槍《やり》の穂先を、首に下げているかのようだ。凶器としての古流十手であると悟る。

その陰に小さな本物のクルスが寄り添っていた。

「ま、まさか、あなたは、宮本無二」

顔を割るようにして笑い、男は甚太郎の言うことを肯定した。

宮本無二——青木条右衛門の師にして、宮本武蔵の育ての父。十手と長刀の二刀流で、屍体《したい》を造形する美作の狂犬だ。

「案内しろ」

どこへかはわからなかったが、頷くことしか甚太郎にはできない。

「儂が手塩にかけた武蔵の牙を丸めた奴らのところだ。貴様なら知っていると、青木から先日文が届いた」

操り人形のように、足が動く。

背に殺気を浴びつつ、柳生新陰流の大瀬戸と辻風が待つ屋敷へと、甚太郎は宮本無二を誘《いざな》った。

（八）

腐臭のような宮本無二の殺気は、屋敷に入る前から大瀬戸と辻風には伝わっていたようだ。部屋にはふたりはいない。障子が開け放たれ、庭に大瀬戸と辻風が立っている。

大瀬戸の頭髪は逆立ち、辻風の眦は極限まで吊り上がっている。部屋に入った宮本無二と幸坂甚太郎を睨みつける。すでに、腰の刀は抜き放っていた。

「ち、違うんだ。大瀬戸、辻風、お、俺は決して……」

だが、ふたりは甚太郎のことなど眼中にない。殺気を槍の穂先のように一点に集め、宮本無二へと向けていた。

「我らが柳生新陰流と知って、挑むのか」

大瀬戸は腰を沈める。

「名乗れっ。生死無用の立ち合いにも礼があろう」

庭に降りようとした無二の足が止まった。首を傾げ虚空を見た後、片方の口端を吊り上げる。牙を見せつけ、言葉を紡ぐ。

「巖流小次郎《がんりゅうこじろう》」

なんのことかわからず、甚太郎は無二を凝視した。

「長門《ながと》（山口県）の兵法者、巖流こと津田《つだ》小次郎だ。覚えたか」

大きな声ではなかったが、柳生新陰流のふたりが後ずさる。大胆にも散歩をするような足取りで、無二は庭への一歩を踏もうとした。

辻風が、絶叫する。

甚太郎が視線をやった瞬間、飛んだのはもう一方の大瀬戸だった。虚をつく一太刀だったが、それよりも無二が十手を握る方が疾い。

十文字の刃で、大瀬戸の刀は受け止められた。と思った時には、三国一の強力と謳われた武芸者は、肩から血を噴き出す。

大瀬戸の片腕をぶら下げた刀が、十手から滑り落ちる。

いつのまにか無二は長刀を抜き、大瀬戸の腕を肩口から切断していたのだ。膝を折り、人体でなくなった掌から敵の刀をもぎ取り、無二は二刀に構える。

いつのまにか、十手は再び首にかけられていた。

辻風へと顔を向けて、無二は微笑む。絶叫と血が降り注ぐなか、目尻を下げる。

地獄の鬼でも、もう少し愛嬌《あいきょう》があるだろう。

「覚えたか、儂の名を。二刀流の巌流津田小次郎だ」

辻風ともがく大瀬戸へ交互に目をやった。胸にある十手とクルスが揺れている。

「お主らのどちらかは生かしておいてやる。しかと名を刻み、巌流と津田小次郎の名を武蔵に伝えろ」

返答のかわりに、辻風の剣が唸る。

右の袈裟懸《けさが》けが、黒い巨体へと振り落とされた。

無二の左に持つ長刀が、反応した刹那だった。見えぬ壁にはね返されたかのように、辻風の切っ先が変化する。拍子を踏むかのような両脚の動きと共に、辻風の体幹が捻《ねじ》れ、その反動を利する。

切り返しての左の胴討ちは、電光よりも疾かった。

無二の骨盤のすぐ上に吸い込まれる。

だが、これもまた見えぬ壁に阻まれたように切っ先が急角度で地に落ちる。

先ほどと違うのは、辻風の意志による変化ではないということだ。

無二が持つもう一方の長刀が、小手を打ったのだ。

苦悶の声と共に、辻風は斬られた腕を激しく横に振った。自身の血を使った目潰しだが、無二は怯《ひる》まない。目を開けたまま、顔で血を受け止める。

眼球を朱に濡らした状態で、嗤《わら》う。

辻風が片腕だけで構えた切っ先に向けて、ゆっくりと間合いを詰める。

後ずさる辻風に構わずに、己を串《くし》刺しにせんばかりに歩み寄る。

切っ先が、無二の胸にある古流十手とクルスに触れた瞬間だった。

無二の持つ二刀が、閃《ひらめ》いた。

白い残光を塗りつぶすように、辻風の五体から血が噴き出る。

まな板の上の魚をさばくかのようだった。無二の両刀が辻風を斬り刻む。

それは命などという生易しいものではなく、人という尊厳を断つ太刀筋だった。

いつのまにか甚太郎は、女人のようにへたり込んでいた。

股間《こかん》が湿り出す。恐怖が膀胱《ぼうこう》を決壊させたのだ。なす術《すべ》もなく、甚太郎は殺戮《さつりく》を見つめることしかできない。

（九）

幸坂甚太郎は、部屋の中で腰を抜かしていた。

血の海とは、このことかという惨劇である。庭では辻風が四肢を斬り刻まれ、腸《はらわた》をだらしなく零していた。甚太郎の目の前の床には、片腕をもがれた大瀬戸がかすかに背中を上下に動かしている。

足音が響き、襖が勢いよく開かれた。「ああ」と惚けたような声を甚太郎は上げる。

戸口に現れたのは、カルサンに身を包んだ宮本武蔵や片耳たぶが欠けた青木条右衛門ら、甚太郎の仲間たちだったからだ。血溜まりを踏みながら駆け寄る。

「大丈夫か、甚太郎」

最初は何を言われているか、わからなかった。仲間の声が、遠い異国の言葉に思える。「おい」と耳元で叫ばれ、やっと問いかけの意味がわかった。

「へへへ」と笑う。青木や仲間たちの目が険しくなる。構わずに震える唇を動かす。

「だ、大丈夫だ。どこも……怪我はしてねえ」

ふと気づいて目を下にやると、小袖や袴が返り血と小便で汚れていた。不快な気分がしないのが、不思議だった。

「おい、弁助」と、青木が首を後ろへ向ける。

宮本武蔵が、倒れる大瀬戸を介抱していた。が、すぐに顔が歪む。いかなる止血や治療も、時間稼ぎにしかならぬと悟ったのだ。

武蔵は血で汚れるのも構わずに、両腕で大瀬戸を抱く。顔を近づけて、「大瀬戸殿、聞こえるか」と語りかけた。

白く濁りつつあった大瀬戸の瞳が、蠢く。

「む、武蔵ど……の、か」

画友の顔を探しているのか、震える手が持ち上がる。

「そうだ。武蔵だ。一体、誰が」

真っ赤な掌が武蔵の頬を探り当て、秀麗な顔を赤く化粧する。

青木らも立ち上がり、武蔵と大瀬戸を囲む。皆、これほどの狼藉《ろうぜき》をした武芸者の正体を知りたいのだ。その様子を、甚太郎は呆然と眺める。

「が、巌流小次郎」

言葉に反応したのは、青木条右衛門だった。甚太郎の目にもわかるぐらいに、体を強《こわ》ばらせる。だが、武蔵は気づかない。

「敵の数は。得物は何を遣う」

頬からずり落ちそうになる手を武蔵は握る。

「ひ、ひとりだ。巌流小次郎ひとりに、や、やられた。え、もの……は」

口から血泡が大量に吐き出された。

「に、二刀……流」「二刀流だ」

大瀬戸と青木条右衛門の答えは同時だった。柳生の武芸者を抱いたまま、青木を見る。

「小次郎という男のことを知っているのか」

青木は重々しく頷いた。額には薄《うっす》らと脂汗も浮いている。

「津田小次郎、別名を巌流小次郎。長門の兵法者で、二刀流の遣い手と聞いている」

「己や父以外にも二刀流の兵法者がいるのか」

睨む武蔵の眼光は、研ぎ過ぎて鞘《さや》さえも断ちかねない刃を連想させた。あまりの気迫に、青木条右衛門は継ぐべき言葉を口ごもらせる。

「弁助が生まれる少し前のことと聞いている」

青木は、慎重に言葉を続ける。

「巌流小次郎は、かつて無二先生に成敗された本位田外記の仲間だ。先生とも何度も命のやり取りをした兵法者らしい」

宮本無二には、かつて互角の腕の本位田外記という弟子がいたという。

「ということは、父と同じ二刀流の流れを汲《く》むのか」

「だと思う。儂が入門する前のことで、無二先生もこの件については口が重い。噂では、二尺七寸（約九十センチ）の青江の刀と仕込み刀を遣うらしい」

珍しく青木が言葉を濁した。武蔵はかぶりを振り、「甚太郎」と呼びかけた。

「青木の言うことは真《まこと》か。本当に、巌流小次郎とかいう男は、二刀を遣ったのか」

甚太郎は、頷く。すると無二が去る時に、囁《ささや》いた言葉を思い出した。武蔵が来たら必ず伝えろと、巌流小次郎を騙《かた》る無二に耳元で厳命されたのだ。

「お、俺が無傷で生かされたのは、武蔵に伝えるためだ」

全員の目が、甚太郎に向けられた。

「無二と武蔵の縁者は全て殺す。柳生の骸ふたつは果たし状と心得よ、と」

唇を動かしているのが、己なのか無二の生霊なのか、甚太郎自身も判断できなかった。

「卑怯な闇討ちで殺された本位田外記の恨みを晴らす」

「ふざけるなっ」

武蔵の一喝は、血溜まりにさざ波をつくるかと思われた。

「ふたりには何の非もない。なぜ、殺した」

武蔵の憤りを無視して、甚太郎は淡々と言葉を続ける。

「これ以上殺されたくなくば、九州豊前《ぶぜん》（福岡県）へ来い。復讐《ふくしゅう》の決着は白刃以外にはつけられぬ」

勢いよく床を殴ったのは、仲間のひとりだ。

「おもしれえじゃねえか。行ってやろうぜ、九州へ」

仲間たちが立ち上がる。

「だめだ」と言ったのは、武蔵の腕の中の大瀬戸だった。

「い、行く……な、武蔵。小次郎は、つ、つよい。やれば、きっと……」

武蔵の体が沈みこむ。抱く大瀬戸の体が急に重くなったかのようだ。血まみれの首は力を失い、垂れ下がるだけになっている。床へ寝かせ、武蔵は大瀬戸の瞼を閉じてやった。

音をたてずに、立ち上がる。

「巌流……小次郎」

呟いた瞬間、若き師の体から闘気が吹き零れた。甚太郎は呆然と、その様子を見つめる。

（十）

水を浴び着衣も替えたというのに、まだ幸坂甚太郎の肌からは血の臭いが漂っていた。

夜の江戸の町を歩く。月明かりが映す甚太郎の影は、酩酊《めいてい》するかのようにふらついていた。無二に浴びせかけられた狂気は、まだ心身にこびりついている。

「おい」と声をかけられて、足を止める。

男たちが近づいてくる。先頭の男は斜視で、左の瞳があらぬ方を見ていた。

「この前はよくもやってくれたな」

舌なめずりしつつ近づいてきた。前に殴りつけた盗人《ぬすっと》だと思い出す。息が吹きかかる距離まで無造作に間合いを詰めたのは、十人近い人数を揃えた強気ゆえか。

「まさか忘れたわけじゃねえだろ」

甚太郎は、焦点の合っている右の瞳を覗いた。見知らぬ男が映っている。いや、違う。血に酔った目や唇は、武蔵と出会う前のかつての己だ。武芸者とは名ばかりで、夜盗や辻《つじ》斬りをして生きていた頃の甚太郎である。

「久しぶりだな」

斜視の男ではなく、瞳に映る己に語りかけた。濃い血の臭いが下から漂ってくる。視線を落とすと、男の下腹に何かが深々と刺さっていた。目をたどると、抜き身の脇差があり、それを己の右手が握っているではないか。

悲鳴が上がるより早く、甚太郎は二刀を閃かせる。衝動のままに、両のかいなを振り回す。血飛沫《ちしぶき》が夜空に混じり、すぐに消えた。

気づけば、足元には人であったものが転がっていた。

奇妙なのは、己を害しようとした男たちよりも、はるかに多い数の骸があることだ。町人や人夫風の男の屍体も交じっている。周辺には指叉《さすまた》などの捕物道具も転がっていた。明らかに役人と思《おぼ》しき遺体もある。
酔っていた心が、急速に冷静さを取り戻す。
「ま、まさか」と呟いた。体が、激しく震えてくる。
両手に持つ二本の刀を、目の前に翳《かざ》した。血脂がべったりとこびりついている。
付着した返り血と臭いが、己がどんな凶行をしたかを雄弁に物語っていた。
「いたぞ」と、怒号がした。捕物道具を持つ役人たちが駆けてくる。
辻斬りの罪は、打ち首だ。
甚太郎は悲鳴を上げた。殺到する男たちに、背を向ける。
その時、懐から落ちるものがあった。
一瞬、甚太郎の足が緩む。月明かりが照らしたのは、布に包まれた絵筆だった。
風に吹かれて転がり〝幸坂甚太郎〟と刻まれた文字が見えた。
拾わなきゃ、身元がばれる。
判断を嘲笑《あざわら》うように、怒号が押し寄せる。捕り方たちが殺到する。
甚太郎は目をきつく瞑り、全力で地を蹴《け》った。転がる絵筆を見捨てるようにして
逃げる。
終わった、と呟く。俺は、手配人だ。

体にまとわりつく血の臭いが、さらに濃くなった。

もう、武蔵たちのもとには帰れない。

獲物を狩るかのように、怒号は幸坂甚太郎の背中に迫り続けた。

（十一）

悲鳴を上げる商人に向かって、幸坂甚太郎は刀を振り上げていた。打ち下ろさずに、虚空で止める。商人は両手を合わせ、涙や鼻水、涎《よだれ》を垂れ流し、必死に命乞《ご》いをしていた。

「助けてくれ」

「助かりたいか」

商人が頷こうとした刹那、甚太郎は夜気を断つように白刃を閃かせる。血飛沫が飛び散り、顔に振りかかった。返り血を手の甲で荒々しく拭うと、無精髭が皮膚に刺さる。

甚太郎は、武蔵の円明流の道場を出奔した。江戸の郊外へと逃げて物乞いを装い、夜になると町へと忍び入り、辻斬りをして銭を奪う生活をしている。

血に濡れた銭袋をこじ開け、中にあるものを確かめた。

「たったこれっぽっちかよ」

唾を吐き捨てた。他にも金目のものはないか、骸をあさる。

面倒だ、と呟いた。それよりも、もうひとり探して斬った方が早い。

甚太郎が出奔してから、半月ほどが経っている。武蔵ら一行は、巌流小次郎と戦うために九州へと発《た》ったはずだ。つまり、甚太郎にとって恐るべき敵はいないということだ。

商人の落とした提灯が視界の隅に見えた。火袋に火が燃え移っている。

黒い影が、猛《たけ》る炎を踏みつけた。カルサンに包まれた長い脚を、甚太郎は認める。

左膕には、包帯のようなものが巻きつけてある。

髪を無造作に後ろで束ね、額には縦一文字の刀傷が薄く入っていた。

呻き声が甚太郎の喉をこじ開けると同時に、背後から人の気配がした。振り返ると片耳たぶが欠けた青木条右衛門たちが、壁をつくっていた。

「そ、そんな。なんで、ここにいるんだ。九州へ行ったんじゃ」

前方の青木と後方の武蔵を交互に見つつ、甚太郎は叫ぶ。

「馬鹿が。弟子の不始末をこのままにしておけば、円明流の名に傷がつく。本来なら、とっくの昔に巌流小次郎を討ち果たしているはずが、とんだ手間をかけさせおって」

額に血管を浮かべつつ、青木は詰《なじ》る。

「甚太郎」と武蔵に呼びかけられ、振り向いた。足元を見るような視線なので、若き師の表情まではわからない。

「お前は破門だ」

感情を削《そ》ぎ落とした武蔵の声だった。

「そ、それだけか」

ゆっくりと武蔵の顔が持ち上がる。意外にも眦は上がっていない。瞳には淡く深い光が、星のように瞬いていた。

「刀を抜け。奉行所ではなく、己自らが成敗してやる。それがせめてもの情けだ」

武蔵は腰の刀を一本抜いた。

「そういうことだ、甚太郎」と、青木の声が背を撫でる。

「我ら武芸者の掟《おきて》は知っていよう。甚太郎が勝てば、今日から貴様が宮本武蔵だ」

金槌《かなづち》で殴られたかのように、心臓がひとつ大きく鳴った。

「本当か」と発してから、愚問だと悟る。そういう勝負を、何度も見てきたではないか。

「負けた方が、否、死んだ方が辻斬りの汚名を背負う。武蔵に勝つほどの腕があれば、些末《さまつ》な罪よ。かわりに、お主が円明流の当主となり、無二先生を超える男になれ」

視線を武蔵に戻した時には、甚太郎の覚悟は決まっていた。勢いよく二刀を鞘から抜き放つ。右に長刀を、左に脇差を。血錆《ちさび》が付着した切っ先を地に垂らし、腰を沈めた。

武蔵は両手で一本の刀を握り、大上段に構える。

図らずも武蔵の刀を受ける——飛刀の間を待つ体勢に甚太郎は構えていた。が、不思議はない。こちらから斬り掛かっても、万にひとつも勝ち目はない。勝機があるとすれば、飛刀の間まで武蔵の刀を引きつけるしかないのだ。

短く息を吸い、長く息を吐く。風が吹いて、提灯の焼けくずが舞った。

それが合図だったかのように、武蔵が飛ぶ。

無言の武蔵とは対照的に、刀は雄弁だった。

叫ぶかのような風切音が鼓膜を襲う。

まだだ、と心中で叫ぶ。己の両眼の間に吸い込まれる切っ先を、甚太郎は睨む。

反応しようとする両腕を必死に自制した。

切っ先が音よりも疾くなった刹那、甚太郎は左手に握る脇差の縛《いまし》めを解いた。

放たれた猟犬のごとく、武蔵の剣に脇差が喰《く》らいつく。血のかわりに火花が散り、太刀筋が傾いだ。

飛刀の間を見切った、と確信した。

快哉《かいさい》を叫ぼうとした時、視線が武蔵の両手に吸い込まれる。両手が柄を握っている。

いや、違う。

握っているのは、左手だけだ。右手は指が開いている。

確かに、甚太郎は見切った。だが、それは武蔵の左手だけの飛刀の間だ。

もし、今、武蔵が右手を握り、力を込めれば、それは飛刀の間ではなくなる。

そして、武蔵は躊躇《ちゅうちょ》なくそれを実行した。

襲いかかる刀に新たな命が吹き込まれる。

甚太郎の脇差が、弾《はじ》き飛ばされた。野菜を切るような音と共に、視界が朱《あけ》に染まる。

夜風が優しく幸坂甚太郎の頬を撫でていた。薄れ行く意識のなか、声が聞こえる。

「よし、後始末は終わりだ。これより、巌流小次郎を討ったために、九州へ向かう」

勇ましい青木条右衛門の声だ。続く雄叫《おたけ》びは、仲間たちのものだろう。

「うん、武蔵、何を書いてるんだ」

甚太郎の腹の上に、何かが置かれた。力を振り絞り、瞼を上げる。首を折るようにして、頭を持ち上げた。

一枚の書状が置かれている。手で取ろうとしたが、四肢は全く言うことを聞かなかった。

風が吹いて、書が舞う。文字が、甚太郎の顔の前で躍った。

――幸坂甚太郎殿
そう読めた。消えゆく意識の中、甚太郎は続く文字を必死に追う。舌を動かして、そよ風よりも頼りない声で読む。

――円明流、免許皆伝ヲ許ス

末尾にある〝宮本武蔵掾玄信〟の署名は、口ずさめなかった。

力尽きて、頭を地に落とす。甚太郎の視界に、文字の残像があった。目を瞑っても、読める。何度も何度も、反芻《はんすう》した。

燃え尽きるように字が闇へと沈むまで、いつまでも。

巌流の剣

（一）

「なんだと、また立ち合えだと」

遠山《とおやま》は、隻眼を歪《ゆが》めて呻《うめ》いた。晩秋の風が吹き抜ける、道場の中での事である。窓から見える木々は、葉をほとんど落としきっていた。

「小次郎《こじろう》、執念深いにも程があるぞ」

潰《つぶ》れた眼に手をあてて、遠山は困惑顔をつくる。

「ほお、では遠山殿は鹿島新当流《かしましんとうりゅう》皆伝の腕を持ちながら、立ち合いを断るというのか」

遠山の前で座す津田《つだ》小次郎は、わざとらしく首を回して道場の様子を見た。伐採したばかりの木の香が、鼻を心地よくくすぐる。

神道を基盤とする鹿島新当流らしく、道場の奥の壁全面が神棚になっており、神社のようだ。両側の壁には、木刀が何十本も並んでいる。どれも反りの少ないものばかりだ。これも、日本古来の直刀を遣う神道の影響である。なかでも、目の前にいる遠山は反りの全くない完全な直刀を得意とする武芸者だ。刃渡り二尺七寸（約八十センチ）の青江《あおえ》の直刀は、まっすぐなその形状から〝物干し竿《ざお》〟の異名をとる。

「さても奇怪なこと。このような立派な道場を持ちながら、某《それがし》ごとき一匹夫《ひっぷ》との立ち合いを断られるとは。近郷の村人も不審に思うであろうな」

遠山の顔がたちまち赤くなる。

「ふ、ふざけるな、小次郎。貴様、儂《わし》に立ち合いを挑むのはこれで何度目だ」

指をひとつふたつ、みっつと折って勘定した。

「四度目ですか」

「それは儂が道場を普請してからだろう。その前の武者修行の旅を含めれば、両手足の指があっても足りんわ」

立ち上がり、指を突きつけ怒鳴る。

「本位田外記《ほんいでんげき》と共に武者修行をした仲だから大目に見てやれば、つけあがりおって」

唾《つば》が飛び、小次郎の頰に当たった。

「それに、それに」

残った片目を飛び出そうなほど剝《む》く。

「貴様はもう儂に勝ったではないか。なのに、なぜまた立ち合う必要がある」

確かに、と小次郎は呟《つぶや》いた。

小次郎は遠山と出会った時に仕合い負けた。だが、小次郎はそれだけで終わらない。遠山の武者修行の旅を追跡し、何度も勝負を挑む。そうするうちに腐れ縁ができ、旅を共にするようになった。そんな時に現れたのが、美作《みまさか》の新免《しんめん》家家老の嫡男・本位田外記である。

外記は〝美作の忠犬〟の異名をとる宮本無二《みやもとむに》の弟子で、遠山らと同じく武者修行の旅に出ていた。独自に工夫した長刀の二刀流を駆使し、小次郎だけでなく遠山までをも打ち倒した。勝負がついた後は、さばさばとしたものだ。三人とも年齢が近いこともあり、意気投合して武者修行の旅を共にした。その道中で小次郎は外記の二刀流を学び体得し、遠山に勝つに至る。

「確かに、某は遠山殿より強い。何度も貴殿を負かした。確か四度か」

「五度だっ」

「だが、それは我が師である本位田外記の二刀の技で勝ったにすぎぬ」

小次郎は続ける。

「遠山殿に負けたのは、某の一刀流の技だ。一刀流で負けた借りは、一刀流でしか返せぬ」

小次郎は荷の中から、一本の木刀を取り上げた。

「さあ、遠山殿、立たれよ。それとも、某に毎日この道場に居座られた方がよいか」

「糞《くそ》ったれ」と叫んで、遠山は立ち上がる。

「そこまで言うならやってやる。また叩《たた》きのめしてやるから覚悟しろ」

壁から一際反りの少ない木刀をとり、遠山は刃を自身に向け鹿島新当流の御剣《おんけん》の構えを取った。

（二）

道場の入口で、小次郎は遠山と仲良く尻《しり》を落としていた。風にのって、枯草と土の香が運ばれてくる。足元には、色を失った落葉が敷き詰められていた。

「これで満足したか。貴様は二刀だけでなく、一刀でも儂に勝った」

口調ほど悔しそうではない。案外、やっと解放されたと思っているのかもしれない。

「いや」と言って、小次郎は腕を組む。

「遠山殿に一刀流でやりあったのは二十数度。たった一度勝っただけでは、つり合わぬ」

「か、勘弁してくれ」

遠山が頭を抱え込んだ。

「冗談だ」

「なに」

「冗談だ」

「なら、そんな能面みたいな顔をして言うな」

「許せ。もう少し悔しがってくれねば、今まで味わった無念とつり合わぬと思ったゆえだ」

また潰れた片目に手をやって、遠山はため息をついた。

「頑固にも程がある。今までの立ち合いでも、見える眼の方からしか攻めなんだだろう」

小次郎は答えない。正直に言えば、遠山を侮ったことになる。世辞や嘘で誤魔化せるほど、小次郎が世知に長《た》けていないのは自身がよく知っていた。

「遠山殿、すまなかった。そろそろ本位田外記に借りを返そうと思ってな。借りを返す順番も決めていた。遠山殿の次が外記と。できるだけ早く遠山殿に勝って、発《た》ちたかったのだ」

外記は武者修行の旅を終え、今は故郷の美作に帰っている。ふた月ほど前に来た書信では、宮本無二から免許皆伝の証《あかし》として〝巌流《がんりゅう》〟という流派を立ち上げることを許されたと報《しら》せてきた。

「そのためだけに、道場に居座られた儂はいい迷惑だ。もっとも次の標的は外記か。それはそれで見ものだがな」

「明日には発つ」

「さっさと行け。貴様が毎日押し掛けるから、弟子が集まらんで困っていたのじゃ」

手で追い払う仕草をされた。

小次郎は道場の戸口の枠を撫《な》でる。よい鉋《かんな》仕事だ。遠山がこの道場を普請するために、武者修行でどれだけ苦労したかを知っている。最初に出会った時は、隻眼ではなかった。時には生死無用の立ち合いをして、何とか生き延び故郷に道場を開いたのだ。

「では、遠山殿、達者でな」

「おい、なぜそう急《せ》く。明日発つ前に、道場には顔を見せるのだろう。餞別《せんべつ》も渡したい」

頷《うなず》きだけを残して、遠山から離れた。茅葺《かやぶ》きの門を出たところで、懐に手をやり一枚の書状を取り出す。

つい先日届いた本位田外記からのものだ。そこには助けを乞《こ》う内容が書かれていた。

あの本位田外記が助太刀を必要とするとは、一体どんな強敵、あるいは難事が降りかかったのか。この書は遠山には見せられない。そうすれば、きっと道場を捨てて遠山も助太刀に行く。

道場に向き直った。葺いたばかりの茅葺きの門がある。小次郎は深々と一礼した。

（三）

粉雪がちらつき、寒風が枯葉を時折舞い上がらせる。津田小次郎は、美作の山道を歩いていた。

振り向くと砦《とりで》のような関所があり、鎧《よろい》を着込んだ新免家の兵たちがひしめいている。皆、弓や鉄砲を持ち、火縄から立ち籠《こ》める煙が靄《もや》のようだ。

旅の武芸者として通行を許された時、兵の会話から合戦のような武装の理由を知った。彼らは、本位田外記を討つために関所を守っているという。なんでも本位田外記が新免家の主君の側室・於青《おせい》と密通し不義の子をなし、逃走したというのだ。側室と赤子を伴い、山中に隠れているという。

「そういうことか」と、呟く。

本位田外記が助太刀を求めた理由がわかった。無理をいって遠山との決着を早くつけたのは、幸運だった。一日発つのを延ばしていれば、手遅れになったかもしれない。

だが、楽観は微塵《みじん》もない。

外記への追手の名を聞いていたからだ。

十手《じって》当理《とうり》流の達人・宮本無二──外記の師にして、美作の忠犬の異名をとる武芸者だ。新免家を裏切った侍十数人を、たったひとりで血祭りに上げたことでも知られている。

関所が完全に見えなくなってから、小次郎は懐から棒手裏剣を取り出す。武芸の中で唯一、本位田外記よりも長じていると自負する得物だ。襟の縫い目を切り、表裏の生地の間にしまっていた書状を取り出す。小次郎が外記と落ち合う場所が書かれている。自分の記憶にある地図と描かれたものが寸分違《たが》わぬことを確かめると、小次郎は書を破り捨てた。

かつては祠《ほこら》でもあったのだろうか。指定の場所には、古い紙垂《しで》の巻かれた大木が屹立《きつりつ》していた。その前で、津田小次郎はじっと待つ。刀を抜いて、目の前に翳《かざ》した。本位田外記に勝つために、一日たりとも修練は欠かさなかった。まずは二刀の技で外記を超え、次に一刀の技でも外記を破る。そう決めていた。

そのためには、まずは宮本無二と新免家の魔手から外記を救わねばならない。無論のこと、自身の命の保証はない。

刀に映る己を見据えた。

死んでしまえば、外記と手合わせすることは叶《かな》わない。それは覚悟の上だが、己がどれくらい本位田外記との差を詰め、あるいは超えたかの答えだけは知りたかった。

小次郎は、目を瞑《つぶ》る。

脳裏に若々しい声が蘇《よみがえ》る。

「勝敗の結果と技倆《ぎりょう》に、必ずしも因果はない」

武者修行の時に聞いた、本位田外記の言葉だ。

「畢竟《ひっきょう》、勝敗は時の運だ」とも、外記は言った。小次郎は、その言葉に抗《あらが》った。

「時の運で勝つのは仕方がない。だが、己はたとえそうであったとしても、力量でも上であったと証明したい。それはどうすればいいか」

同年代の師である本位田外記を困らせるための問いだったが、微笑と共に真摯《しんし》に答えてくれた。

「飛刀の間《ま》は知っているな」と口にして、こう続けた。

「もし小次郎の刀が飛刀の間に入った時、相手が殺すべき敵でないとわかったら」

小次郎は首を横に振るしかない。刀は己の意志で操れない。斬り殺してしまうしかない。

「古今東西、いかなる武芸者も飛刀の間に入った刀の軌道を変え、止めたことはない。手首を返し、剣の平や峰で相手を打つことさえ不可能だ。だからこそ、だ」

本位田外記は、言葉を継ぐ。

「もし小次郎が飛刀の間に入った刀の軌道を変え、あるいは手首を返し、敵を殺すことを阻止できれば、それは全ての武芸者が成せなかったことを成したことになる」

「つまり」と、小次郎はしつこく訊《き》いた。

「それができれば、己だけでなく全ての武芸者を超えたということだ。試してみるか」

小次郎は目を開いた。

大木に巻かれた紙垂が、風に吹かれて揺れている。

立ち上がり、神木と向き合う。眼前に、己が最も強いと信じる男の姿を思い浮かべた。

本位田外記だ。細身ながら長身の体に、広い肩幅。長い足はカルサンに包まれている。覗《のぞ》いた左の臑《すね》には、青黒い痣《あざ》が見えた。蛇が足首に巻きつくような形をしている。

手にもつ刀を、小次郎は閃《ひらめ》かせた。切っ先が、大木にある紙垂へと吸い込まれる。

飛刀の間に入った瞬間、小次郎の奥歯が軋《きし》む。全身の力を使い、軌道を変えようとする。

が、無駄だった。

銀色の軌跡は幻の本位田外記を斬り裂き、紙垂をもまっぷたつに断った。

紙の破片が、視界に舞っている。小次郎は小さく舌打ちをして、刀を鞘《さや》に納めようとした。納刀半ばで、手が止まる。

赤子の泣き声が、聞こえてきたのだ。こんな山中に赤子を負ぶう者は、ひとりしかいない。

「外記」と叫んで、小次郎は声のする方へと走り出した。

（四）

これが赤子というものか。

小次郎の腕の中に、柔らかくももろいものが確かに息づいていた。紺色の襁褓《むつき》の中で小さな腕を折り畳み、小次郎の胸に額をすりつけるようにして眠っている。

こんなにも弱いものが、これほど無防備に己の腕の中にあることに戸惑っていた。

「まさか、小次郎が赤子をあやすのが上手《うま》いとはな」

からかいの声が背中から飛んだ。赤子が起きぬように、慎重に首だけを動かす。

本位田外記が白い歯を見せて笑っていた。筆ではいたような形のいい眉《まゆ》が、柔らかく下がっている。横には長く美しい黒髪を持つ女性が踞《うずくま》っていた。新免家の側室である於青だ。本来なら陽に焼けた健康的な肌をしているのだろうが、産褥《さんじょく》に弱る今は土気色に顔が染まっていた。

首をひねり体が傾いだからか、腕の中の赤子がぐずり出す。

「おい、外記。助けてくれ、起きるぞ」

赤子は顔一杯に皺《しわ》を寄せて、手足をばたつかせ始めた。

小次郎よりは幾分か慣れた手つきで、本位田外記は赤子を受け取る。手を放す時、襁褓からはみ出した赤子の足が見えた。素早く本位田外記の足に視線を移す。父子ふたりの左臑には、刻印を押したかのようにそっくりな痣があった。

なるほど、これでは誰の子か一目瞭然《りょうぜん》だ。心中だけで、小次郎はため息をつく。

外記が赤子を胸の中に抱いて、於青に近づいた時だった。

小次郎の皮膚が強《こわ》ばり、総毛が逆立つ。

風向きが変わり、不快な臭いが鼻をかすめた。なにかの気配が、急速にこちらに近づきつつある。

しかも、ひとつではない。いくつもだ。

さらに悟った。これは、人ではない。獣だ。

瞬間、外記親子の背後の藪《やぶ》から、黒い影が躍り出す。鼓膜を震わせた咆哮《ほうこう》から、犬だと悟った。

新免家は猟犬を使って、追っていたのか。

「くそ」と、小次郎は叫ぶ。

外記はまだ胸に赤子を抱いたままだ。できることは、紺色の襁褓ごとその身で包み隠すことしかない。

小次郎は、躊躇《ちゅうちょ》なく胸の中の棒手裏剣を打つ。手から放たれた手裏剣は、外記の首筋に嚙《か》みつかんとした犬の眉間《みけん》に突き刺さる。

さらに藪が激しく揺れ、獣声が響き渡った。立て続けに、小次郎は手裏剣を打つ。腹に背に、刃物を突き刺して、獣がのたうち回った。

「外記、早く逃げろ」

猟犬の咆哮は、波のように押し寄せる。外記が片手に赤子を抱いたまま、反対の肩に於青を乗せた。

「いいのか」

「後から行く。女と赤子がいれば邪魔だ」

「すまん」と叫んで、外記は背を見せた。親子を左右から襲おうとした犬の首に手裏剣を突き刺し、道をつくる。

持っていた手裏剣を打ち尽くした時だった。小次郎は意志とは関係なく振り向いた。否、振り向かされた。

最初は、一抱えほどもある岩が飛んでいるのかと思った。小次郎の刀の間合いに入る寸前で、それが手足を折り曲げた男だとわかる。縛《いまし》めを解くように、両手足を広げた。

鋼の甲冑《かっちゅう》が着衣を纏《まと》っているかと思うほどの巨軀《きょく》の男だ。両手には、長刀と十字槍《やり》の穂先のような古流十手。

黒く厚い胸には、クルスが揺れていた。

「宮本無二かっ」

叫んだ時には、男の長刀が小次郎の皮膚を裂き、返す長刀で肉を刻んだ。

続いて、十手が体のあちこちに突き刺さる。刀を抜く暇もなかった。

気づけば、前方に巨木の葉が生い茂っている。

どんよりと曇る空も見えた。

塗りつぶすように、大きな影が視界に侵入する。宮本無二が、無造作に小次郎を跨《また》ごうとしていた。

震える手を動かし、足首を摑《つか》んだ。たったそれだけで、血が噴き出て意識が遠くなる。

無二は小次郎に足首を掴まれたまま、不動だ。瞼《まぶた》を閉じ耳に手をやっている。何をしているのだ。

小次郎の疑問に答えるかのように、牙《きば》を剝いて笑った。

「あっちか」と言って、大股《おおまた》で歩む。難なく、小次郎の指がほどけた。犬の骸《むくろ》を踏みつけて、無二は進む。

向かう先から、かすかに赤子の泣き声が聞こえたのを最後に、小次郎の意識は途絶えた。

（五）

水滴が顔に当たり、瞼を持ち上げる。天は厚い雲に覆われ、身を斬るような寒風が吹きつけていた。小次郎は、ゆっくりと起き上がる。

何も感じなかった五感が、徐々に蘇る。痛みが大きくなり、心身を覚醒《かくせい》させる。

起き上がると、口と傷から血が零《こぼ》れた。刀を杖《つえ》にして歩く。

やがて、幾万粒もの雨が降り注ぎはじめた。みぞれ混じりの水滴が、小次郎の体の熱を奪う。白い息を吐き、奥歯を打ち鳴らしながら、斜面を登る。水を吸った土と落葉に足をとられつつ、進んだ。

それほど歩く必要もなかった。雨でも消せぬ血の臭いがしたからだ。

心身を斬り刻んでいた痛みは、たちまち怒りに変わる。

目の前には、本位田外記と於青の骸が折り重なっていた。

外記の腰の二刀は、抜いた気配もない。脳天を割られ、血と薄茶色の脳漿《のうしょう》を振りまいている。その下の於青は胸を貫かれただけのようで、比較的綺麗《きれい》な死に顔だった。

己以外の助太刀も呼んでいたのか、その後ろには見知らぬ武士ふたりの遺体もある。こちらは、壮絶なまでに斬り刻まれていた。大きな傷跡から、間違いなく無二によって絶命させられたのだと悟る。

獣の唸《うな》り声がして、首を横へとやる。

犬が二頭、何かを食《は》んでいた。

振り向いた一頭の口には、どす黒く変色した布片がぶら下がっていた。犬が咥《くわ》えるものが、かつて紺色をしていたことがかろうじてわかった。

小次郎の体が戦慄《おのの》きだす。あれは、赤子を包《くる》んでいた襁褓ではないのか。

襁褓に口を突っ込むようにして、もう一頭の犬が肉を食んでいる。

大地に膝《ひざ》をつけて、絶叫した。長く、永く叫ぶ。

声帯が限界を迎えてもなお。

「無二よっ」

腹から声を搾り出した。

襁褓の中にある肉片を咥えた犬は慌てて逃げ去り、小さな血の池だけが残された。

落ちる雨滴が、幾つもの波紋をつくる。

「貴様は殺すだけでは生温《なまぬる》い」

雷鳴も轟《とどろ》くが、小次郎の声を打ち消すことはできない。さらに雨脚が強くなり、血溜《だ》まりが弾《はじ》けるように波打った。

「子を殺された外記と、同じ苦しみを味わわせてやる。その後に、貴様を斬り刻む」

津田小次郎は誓う。

本位田外記が創流した〝巌流〟と名乗り、宮本無二とその子の前に現れることを。

（六）

真円になる一歩手前の月が、寺の境内を照らしていた。

筵《むしろ》が十数枚も敷かれており、その上に人間だったものが寝かされている。上からもう一枚筵を被《かぶ》せられ、詳しい様子はわからない。

だが、隙間から覗く腕や足は、あちこちが斬り刻まれ、あるいは切断されている。

「無二め」と吐き捨てたのは、杖を持つ津田小次郎だった。目の前に広がる骸は、全て無二によって命を絶たれた者たちだ。

小次郎は今、播磨《はりま》国平福《ひらふく》村にいる。かつて無二と戦った美作の東隣にある国だ。

小次郎が無二と仕合ってから、十二年が経っていた。小次郎は山に籠もり、修行に没頭する。無二以上の技倆に到達するためだが、体が完全に回復するまで十年近い歳月が必要だった。その後に、水滴が岩を穿《うが》つような時をかけて、二刀の技を完成に近づけた。

死者たちに占領された境内を、小次郎は杖をついて歩く。一体の骸の前で足を止めた。

かすかに体が震えだす。

ゆっくりと手をやり、そっと筵を剝《は》ぎとった。現れた死に顔には眼がなかった。片側は十数年以上前に武者修行の旅で潰され、残った方は先日の無二との立ち合いでえぐりとられたようで、生々しい刀傷を露《あらわ》にしている。

「遠山殿」と、言葉を零した。

山籠もりする小次郎のもとに、鹿島新当流の遠山から文が届いたのは半月ほど前だ。

本位田外記の仇《かたき》である無二が播磨に現れたので、人数を揃えて討つと書いてあった。播磨平福村には有馬喜兵衛《ありまきへえ》という弟弟子がおり、破門状を渡すつもりであったので、都合がいいとも記されてある。

書を受けとった小次郎は慌てて山を下り、播磨へと向かった。

だが、遅かった。健在だった片目に穴を穿つ惨《むご》い嬲《なぶ》り方で、無二に返り討ちにあってしまったのだ。

小次郎は両手を合わせ、声を出さずに念仏を唱える。

瞼越しに朝日を感じた時、立ち上がった。折り重なる骸を洗うように、陽光が斜めに降り注ぐ。

地を削るように強く杖をついて、歩む。

村人から話は聞いている。宮本無二の子の弁助《べんのすけ》が、平福村の広場で生死無用の立ち合いを所望する高札を出したという。

そこで待てば、無二も現れるはずだ。

（七）

播磨平福村の広場に差し込む朝日が、人物ふたりの長い影を地に描いていた。杖で体を支える小次郎は、広場を見下ろす丘の上から眺める。

どうやら弁助の立ち合いの場に遭遇してしまったようだ。遠くにいるため、ふたりの顔形まではわからない。

ひとりは無二の子の弁助だろう。背丈は大人ほどはあるが、肉付きがまだ若い。左の腨に布が巻きつけられ、風になびいていた。

もう一方は、遠山と同じ鹿島新当流の遣い手のようだ。御剣の構えをしているが、奇妙なのは長刀が地に落ち、短い脇差を両手に持っていることだ。得物の短さもさることながら、男の動きがおかしい。明らかに手傷を負っている。

これは尋常の勝負ではない。

予想通り勝負は呆気《あっけ》なくついた。

武芸者の渾身《こんしん》の一撃が少年に振り落とされるが、無二の子が後ろに飛ぶと同時に頭が割られた。

少年が、どんな感慨で手負いの武者を葬ったかは探りようがなかった。ただ無二の子らしい、凄惨《せいさん》な殺し方である。若年ながらあれだけの技倆があれば、殺すことなく勝負をつけることもできたはずだ。

「親子揃って、武芸者の風上にもおけぬ奴らよ」

握る杖が軋み、音が鳴った。

と同時に、小次郎の目が大きく見開かれる。巨軀の男がひとり、悠々と少年のもとへと歩いてくるのが見えたからだ。全身の肌が、炙《あぶ》られたように火照る。

あの男の歩き方を忘れるはずがない。

宮本無二だ。

無二は、息子に何事かを告げている。少年は一礼して、小次郎とは反対の方向へと駆け出す。猟犬のように俊敏な動きだった。

杖をついて、ゆっくりと小次郎は足を動かした。声が届く間合になった時、無二の体が動く。小次郎の方へと体を正対させる。

浅黒い唇を歪め、無二は小次郎に笑いかける。

厚い胸板の前には、古流十手と小さなクルスが揺れていた。十手は三方に伸び、先が尖《とが》っている。本来なら鞘で覆われているはずだが、ない。足元に革製のそれが散乱しており、小次郎が近づくまでに密《ひそ》かに取り外していたことがわかった。

息子の勝負を検分していたことは、とっくの昔に気づいていたようだ。

「久しぶりだな、無二」

昂《たかぶ》る気に支配されぬよう、ゆっくりと低く声を放った。

「久しぶり、だと」

仇は、半眼になって小次郎を睨《にら》む。

「ということは、どこかで仕合うたか。妙だな、生かして帰すような不手際をした覚えはないが」

侮るための一言ではない。本当に小次郎のことを覚えていないのだ。当然だろう。一合も交えることもなく、斬られたのだから。

「津田小次郎だ」

「知らんな」

「巌流津田小次郎、と言えばわかるか」

瞬間、無二の体に変化が生じる。頭髪だけでなく、眉や体毛さえも逆立った。

顔を裂くように、口を開く。

「厳流だと」

「そうだ。本位田外記の弟子にして、昨日、貴様が討った鹿島新当流の遠山殿の朋《ほう》輩《ばい》だ」

いつのまにか、無二は背を丸めるようにして身構えていた。立ち上がった熊のように不気味だ。人というより、獣に近い。

「津田小次郎といったか」

瘴気《しょうき》をまき散らすように、無二は問いかける。

「貴様ごときに、巌流を称する資格があると思っているのか」

叫び終わらぬうちに、無二の長刀と十手が閃いた。小次郎は、刀を抜いて応《こた》える。右手で握り、襲いかかる長刀にぶつけた。

互いの顔が歪む。互角の斬撃《ざんげき》は、手を激しく痙攣《けいれん》させた。小次郎だけでなく、無二の手をもだ。衝撃により、ふたりの手から得物が零れ、地に落ちる。

だが、無二には左手に握る十手がある。十字槍の穂先のような、古流十手だ。

一方の小次郎は、左手に杖を握っていた。

斬り裂かんとする十手を、杖で受け止めようとした。無二の顔が笑いで彩られる。

太くもない杖を切断するなど、大根を切るより容易《たやす》いと思ったのだろう。

が、無二の十手は、半分も断つことができなかった。

小次郎は杖を持つ手を捻《ひね》る。手元に線が穿たれたと見えた刹那《せつな》、白銀の刃が現れる。

仕込刀である。

中にある刃《やいば》が、無二の十手を防いでいたのだ。

気合いと共に、左手の仕込刀を旋回させた。無二の喉《のど》に一条の銀線が引かれる。

土煙を上げて、無二が二歩三歩と後ろへとよろめいた。弾みで、首にかけていたクルスが地に落ちる。切っ先は、刹那の差で無二の喉には届かなかった。

無二の顔に、驚きの表情が浮かんでいる。

小次郎は仕込刀を杖に仕舞い、落とされた刀も鞘に納める。

「なぜ、刀を鞘に納める」

怒号のような一喝だったが、小次郎は怯《ひる》まない。無二と己がほぼ互角の腕とわかった。かつてのように後れをとることは、万にひとつもない。

「ただ殺すだけでは物足りん」

放った小次郎の言葉は、無二の眼光をさらに強めさせた。

「貴様に外記と同じ苦しみを与えると誓った」

「ほお」と、無二の両頰が不気味に持ち上がる。

「貴様を斬り刻むのは、子を喪《うしな》う哀しみを知らしめてからだ」

「子だと。では、今から武蔵《むさし》を殺《や》るつもりか」

無二の殺気が強風のように吹きつける。

「十三の餓鬼を、貴様は殺すのか」

言われて少し驚いた。遠目に見た少年の背丈は、ほとんど大人と変わらなかったからだ。

「歳は関係ない。手負いの武芸者を打ち殺す、卑劣な男にかける情けはない」

ここで、小次郎は息をつく。

「が、二十に満たぬ小僧を倒しても、巌流の名折れだ」

無二は眼光を強めて、小次郎に先を促す。

「貴様の息子――武蔵というのか。武蔵が一人前の武芸者になるまで待ってやる」

無二は動かない。どす黒さを伴う舌で、ベロリと厚い唇を舐《な》めた。

「それは面白い。いや、有り難いと言うべきか」

小次郎を見つめる眼が、喜色に輝いている。

「いかな武蔵とはいえ、今のお主には敵《かな》うまい。だが、十年いや七年のちはわからぬぞ。その時になって後悔するな。微塵の悔いも残さぬために待つのだ。憶《おぼ》えておけ、己は執念深いぞ」

「勘違いするな」

無二に背を向けた。歩きつつ、小次郎は己の掌《てのひら》を触る。ずきりと痛んだ。無二と刀を交わらせた時に、骨にひびが入ったようである。

唇を嚙む。悔しいが、無二の方がまだわずかに力量が上だ。

本位田外記や遠山には悪いが、時の運で勝つつもりはなかった。今ある僅《わず》かな差を、余人の眼にも明らかに縮め抜いてみせる。

歯を立てた唇から、血が流れた。口の中に、鉄臭い液体が満ちる。

無二との差は紙の厚さに喩《たと》えれば一重か二重ほどのものだが、差を埋めるのに数年、時に十年以上の歳月が必要なのも知っていた。剣の極意とは、そういうものだ。紙一重の差を、一生という時間を費やしても克服できぬ剣士も多い。

己の考えが悠長なのは、百も承知である。だが、小次郎の中には外記の二刀流と遠山の一刀流の技が息づいている。それは小次郎の血肉と交配し、確かに意志を持つようになった。

自分の中で生きるふたりに恥じぬ勝ち方をしたい。

そのためには、あの武蔵とかいう小僧が一流をたてるまでに、必ずや無二以上の男にならなければならない。

（八）

小次郎は祠の中にいた。古びた薄い板壁は、あちこちに穴や亀裂《きれつ》があり、そこから光が差し込んでいる。七日七晩、不眠不休の修行を終えた小次郎の皮膚を、八日目の朝日が撫でる。

「まだ足りぬか」

目の前にある愛宕《あたご》神の祭壇に語りかけた。水さえも満足に飲んでいない喉が、ひび割れる音がする。

左右の榊《さかき》の葉の間に、丸い神鏡が置かれている。その中の小次郎の顔の下半分は、いつしか硬い髭《ひげ》で覆われるようになった。身に降り積もった星霜にもかかわらず、小次郎の技が無二を超えたという確信は得られない。

噂では、無二は各地を漂泊した後に、細川《ほそかわ》家や切支丹《きりしたん》大名である黒田如水《くろだじょすい》の食客となり、今は豊後《ぶんご》（大分県）杵築《きつき》にいる細川家家老で無二の弟子でもある松井康之《まついやすゆき》のもとに寄宿しているという。

一方の息子の武蔵は、京で吉岡憲法《よしおかけんぽう》と試合をし、互角の戦いをしたと聞く。

今、小次郎がいるのは九州を眼前にした長門国《ながとこく》である。鍾乳洞が蜂の巣のように地肌を穿つ霊山に籠もり、何年も修行をするうちに、図らずも麓《ふもと》の村には小次郎を慕う人ができた。弟子として身の回りの世話をかってくれるようになり、巌流という名は薄《うっす》らと広まりつつある。が、その中心にいる小次郎の心は空虚だ。

無二が目と鼻の先の九州におり、武蔵が天下一の称号を持つ吉岡と互角の戦いをしたというのに、己は何をしているのか。膝の前に、三本の刀を並べた。己の刀と仕込刀、そして刃渡り二尺七寸（約八十センチ）の直刀——遠山が使っていた通称〝物干し竿〟だ。

「外記、遠山殿、すまぬ」

頭を下げようとしたが、できない。頭を動かせば、体の均衡が崩れて、きっと倒れてしまう。それほどまでに心身は限界だった。

小次郎の意識は起きながら朦朧《もうろう》としている。視界は霧がかかったように霞《かす》みはじめた。

ガタリと音がした。続いて、小次郎の背に殺気が注がれる。

「ふん、巌流小次郎といってもこの程度か。我らの気配に気づかず、こうも容易く後ろをとられるとはな」

小次郎は首を捻る。ふたりの武芸者が、抜き身の刀を右手に立っていた。左手には十字槍の穂先のような古流十手がある。ということは、無二の弟子だ。

「悪く思うな。無二先生からのご命令だ」

小次郎が動くのを待たずに、ふたりは床を蹴った。

凶刃が襲いかかってもなお、小次郎の心身は覚醒にはいたらない。震える左手で、なんとか仕込刀を摑んだ。右手は——どうしたことか、己の得物には伸びない。あろうことか、遠山の直刀を握る。

その時、すでに刺客は振りかざした刀を撃ち落とさんとしていた。

身を捻ると、刃先が小次郎の髭と皮膚を薄く削る。かわすのに精一杯で、左手にあった仕込刀を取り落とした。

捨てるように、遠山の直刀の鞘を払う。

刹那、小さな雷が身の内を走った。

十文字の刃がふたつ迫りくる。だが、それらは小次郎を害することはできなかった。ふたりの喉に、赤い線が引かれたのだ。

それはすぐに首を一周する。

小次郎の右手に握る直刀が、ふたりの刺客の間にまっすぐ伸びていた。

刺客の胴体から首が飛び、血が噴き出る。

小次郎の総身が震え出した。

ふたりの刺客を斬ったにもかかわらず、遠山のまっすぐな刀身には血の一滴さえもついていなかったからだ。

風よりも疾《はや》い一閃《いっせん》、否、二閃だった。

ゆっくりと直刀に目をやる。

「これだったのか」と、小次郎は呟く。

握っているという感じは全くしない。己の腕が伸びて、刀身に変化したかのようだ。足りなかったのは、技でも力でも修行でもなく、伴侶《はんりょ》ともいうべき得物こそが不適だったのだ。

「外記よ、遠山よ、ついに己は成したぞ」

七日七晩の修行で降り積もった疲労は、いつのまにか消えていた。かわりに心身を満たした闘志が、小次郎を立ち上がらせる。

そして、祠の周囲が不穏な気配に満ちていたことに気づかせてくれた。

小次郎を出迎えたのは、十近い火縄の銃口だった。

「ほお」と、小次郎は呟く。

「誰かは知らぬが、この人数で己を討ち取る気か」

小次郎の懐には手裏剣が忍ばせてある。瞬《まばた》きするより速く、この半数の喉に刃を食い込ませる自信はあった。

「勘違いするな」と言ったのは、熊に引き裂かれたような四条の傷を顔に持つ武者だった。無二と同じくらいの巨軀である。この男だけは鉄砲を持っていない。

「殺すために銃口を向けているのではない。お主の腕が尋常を超えたのは、先程無二様の高弟ふたりを葬ったことからも明白。今からお主を連れていく」

「どこへだ」

「無二様のご子息の宮本武蔵殿のところだ。生死無用の果たし合いをしてもらう」

ゆっくりと小次郎は間合いを詰めた。鉄砲衆の眼光が強まる。

「歯向かうのは無論、逃げようとも思うな。まあ、儂の名を聞けば、その気もなくなるだろうがな」

武者は自慢げに笑う。

「では、後学のために名を教えてもらおうか」

「菅六之助《かんろくのすけ》」

小次郎は首をひねり考える。

「虎殺しの菅六之助か」

顔の傷を歪めるように、武者は破顔した。

菅〝六之助〟正利《まさとし》――黒田家二十四騎のひとりで、宮本無二の弟子でもある。先の朝鮮出兵では虎を討ち取ったことから、〝虎殺し〟の綽名《あだな》でも呼ばれていた。

「ここは毛利《もうり》領の長門ゆえ、決闘は憚《はばか》られる。豊前まで来てもらおうか。そこに宮本武蔵殿が待っている」

小次郎は刀の間合いで立ち止まる。

「豊前は細川殿のご領地だろう。黒田家の鉄砲隊を連れて、往来を行くのか」

菅六之助が眼をやると、隣で鉄砲を構える男が頷いた。他の鉄砲衆は胴丸姿だが、この男だけは陣羽織も着ている。

「細川家、門司《もじ》城主沼田勘解由《ぬまたかげゆ》が家来、石井三之丞《いしいさんのじよう》だ。小次郎殿には遺恨はないが、主命ゆえ悪く思うな」

宮本無二が、今は細川家に寄宿していることを思い出した。きっと門司城主の沼田という男も無二の弟子なのだろう。

「菅殿よ、ひとつ間違っていることがある」

小次郎の言葉に、菅六之助の眼が険しくなる。問いただすために開いた口が、途中で止まった。

歯を見せた状態で、虎殺しの表情が固まっている。

隣で銃を構える石井三之丞の顔が、激しく歪んだ。

小次郎は腰にある遠山の直刀を抜いたのだ。切っ先は菅六之助の首の頸動脈《けいどうみゃく》に当てられ、皮に薄く刃を食い込ませていた。少しでも動けば、いや、小次郎が震えるだけで、虎殺しの勇者は血を噴き零して絶命してしまう。

鉄砲衆も動けない。もし、小次郎を射ち殺してしまえば、その弾みで菅六之助の頸動脈も断たれるからだ。

「菅殿に連れて行かれるのではない。それでは、まるで己が命令されているようではないか」

菅六之助の顔から、たちまち血の気がひく。

「武蔵と無二のもとへ案内しろ。これは己からの命令だと思え。もし、できなければ首を刎《は》ねる」

ゆっくりと直刀をどけた。菅六之助の体が、思い出したように激しく震え出す。

「石井殿といったか、わかったら銃口を下げさせろ。それとも己が菅殿の首を刎ねるのと、こ奴らが引き金を引くのと、どちらが速いか試してみるか」

菅六之助の膝が音を立てて地に落ちる。それが合図だったかのように、火縄の銃口が次々と下へ向いた。

（九）

浅瀬の舫杭《もやいぐい》に一艘《そう》の漁舟が係留されている。低い浪が打ち寄せ、心地よさそうに揺れていた。

小次郎は潮風を受けて、立っていた。決闘の地は、意外にも海の向こうだという。舟島《ふなしま》という小島に、宮本武蔵がいる。

山に籠もっていた小次郎は深くは知らないが、ここ数年で生死無用の真剣勝負は全国で厳しく取り締まられるようになった。今回も陸地から切り離された島で、やっと決闘の裁可が下りたそうだ。

殺し合いをするのに届け出がいるのか、と小次郎は溜息をつく。

背後に顔を向けると、菅六之助らが苦い表情で佇《たたず》んでいた。

「案内ご苦労だった。もう行ってよいぞ」

傷だらけの顔に怒気が満ちる。が、腕を震わせるだけで刀には手をやらない。小次郎はその様子を一瞥《いちべつ》して、舟に乗り込んだ。

「待て、小次郎」

菅六之助が声をかける。

「これだけは言っておかねばならぬ。お主が手にかけた武者ふたりの名だ」

「いいだろう。聞こう」

興味はなかったが、耳に入れぬのも死者に対する礼を失すると思った。

「辻風《つじかぜ》と大瀬戸《おおせと》だ」

伸びた髭に手をやり、菅六之助を凝視する。

「此度《こたび》の決闘の名目は、貴様に殺された辻風と大瀬戸の仇討ちだ」

菅六之助が額に汗を浮かべつつ言う。

「仇討ちという仕儀ゆえ、細川侯は離島での生死無用の果たし合いを、特別にお許しになられた」

この男は何かを隠している。そもそも、ここまで連れてくるのに十日もたっていない。その間に、小次郎に殺されたふたりのことを届け出て、仇討ちの裁可を取ったのか。あまりにも手際が良すぎる。

「まあいい」と呟いて、顔を海へ向けた。視界の隅で、萱六之助が安堵《あんど》の息を吐くのがわかった。

「旦那《だんな》、いくぜ」

漁師が舫杭にかかった縄をといて、舵《かじ》を大きく動かす。漁舟が大きく傾ぎ、浅瀬から離れていく。

（十）

杖でもある仕込刀に体を預け、小次郎は舟首に立っていた。やがて舟島が見えてくる。

大きな島ではない。歩けば半刻《とき》（約一時間）程度で一周できる、池ほどの大きさの陸地だ。まばらに植わる松の向こうに、長門の国の陸地が見えている。

異様だったのは、小島を囲むようにいくつもの漁舟が海に浮かんでいることだ。

小次郎の舟が通過すると、喚声が沸き起こった。武士や町人姿ということは、決闘の野次馬たちだ。

舟がつくった海の道を行くと、白い真砂《まさご》が敷き詰められた浜が現れる。陸にも、従者を連れた武士十数人が壁をつくるように集まっている。そこから離れた奥の黒岩に、ひとりの若武者が腰をかけていた。

伸びた髪を後ろで無造作に束ね、広く形のいい額を見せている。長い手足には過不足なく肉がつき、カルサンで覆われた両脚は鹿の下肢を連想させた。何かのまじないか、左臑に布を巻きつけている。

逞《たくま》しくなったな、と呟く。

佇み方に、遠目に見た頃の十三歳の面影がある。

大胆なのか、油断なのかはわからぬが、武蔵は枝で地面に何かを描きつけていた。片耳たぶが欠けた中年の武芸者が武蔵に駆け寄ると、やっと手を止めた。顔を上げて、こちらを見る。互いの視線が紐《ひも》を結わえるように、繋《つな》がった。

野次馬たちのどよめきが、徐々に小さくなる。小次郎と武蔵の気を受けて、萎縮《いしゅく》するように口を噤《つぐ》む。

小次郎は手首をひねり、仕込刀を抜き放った。鞘を海へ放り投げる。続いて青江の直刀も抜き、二刀を両手に下げた。

遠山の直刀と外記の二刀流が、身の内に力を漲《みなぎ》らせてくれる。

波が砂浜を愛撫《あいぶ》している。小次郎は舟首を蹴り、その掌の部分に降り立った。足首を濡《ぬ》らす潮が、心地いい。

武蔵も立ち上がった。舟の櫂《かい》を削ってできたと思われる、長大な木刀を握る。

もはや音を立てるものは、海と風しかない。

囲む人々は、骸と化したかのようだ。

「小次郎、なぜ、辻風と大瀬戸を殺した」

沈黙を破ったのは、宮本武蔵だった。大きくはないが、不思議とよく通る声である。人々の視線が、小次郎に集中する。

「ならば逆に問う」

武蔵の四肢に、かすかに緊張が走った。

「武蔵、貴様はなぜ十三歳の頃、手負いの武芸者を殺した。播磨の平福村でのことだ。己は見ていたぞ」

風が吹き抜け、潮の飛沫《しぶき》が散った。武蔵は答えない。いや、答えられないのか。

そもそも、なぜ殺したかなど、この期に及んでは愚問だ。

気づけば、小次郎と武蔵はふたり同じ拍律《はくりつ》で呼吸をしていた。

武蔵が吸うと、小次郎が吐く。まるで、閨《ねや》でむつみあう男女のようだ。波と砂の境界線に、武蔵が足をめり込ませた時だった。

風と海が奏でる音曲に、刃鳴りと咆哮が加わった。それはすぐに、耳に入る全ての音を雑音に変える。

ふたつの斬撃とひとつの木撃が、まぐわうように激しく絡み合う。瞬きよりも疾いふたりの太刀筋は、銅銭の裏表のように目まぐるしく攻防を変化させる。

なるほど、吉岡憲法と互角の戦いをしたという噂は真《まこと》だったか、と小次郎は呟く。

武蔵の一撃一撃から、意志がにじみ出ていた。

時に片手で速く、時に両手で強く。左右の手を自由自在につかった爆《は》ぜるような武蔵の木撃に、小次郎は意志とは関係なく一歩二歩と後ずさる。

――見事だ、武蔵。

そんな思いを込めて、直刀と仕込刀を唸らせた。しばし、足を止めて打ち合うが、再び躙《にじ》り下がる。潮が小次郎の足首を這《は》うようにして上る。

砂と潮を蹴って、後ろへと飛んだ。

同時に謝った。

本位田外記に対してである。

仕込刀を大きく振りかぶる。すかさず武蔵が間合いを詰めてきたのは、予想の内だ。

振りかぶった仕込刀を、小次郎は打った。

刀としてではなく、手裏剣として。

秀麗ともいえる武蔵の顔が歪む。

手から放たれた仕込刀は、武蔵の中心を襲う。木刀で払った刹那《せつな》に、小次郎は青江の直刀を縦一文字に薙《な》いだ。

布が宙を舞う。どうやら足首の布を斬りつけただけのようだ。武蔵は、横によろけつつ避《よ》けている。

ゆっくりと、小次郎は青眼に構えた。二尺七寸（約八十センチ）の反りのない刃が、屹立している。

二刀流で武蔵と仕合ったのは、本位田外記の供養のためだ。だが、七日七晩の修行を経た今、己の真価を発揮するのは二刀流ではなく、直刀の一刀流だと悟っていた。

「すまぬ、外記、二刀は捨てる」

再び謝る。

同時に、剣先に気力が溢《あふ》れ、滲《にじ》み出す。

武蔵が、一歩二歩と後ずさり始めた。その様子を見た群衆が、苦しげにどよめく。

生まれて初めて後退するかのように、ぎこちなく武蔵は間合いをとる。薄い刀傷のある額には、潮混じりの脂汗がべったりとついていた。

対照的に、小次郎は確信している。次の一太刀が、生涯最高の一振りになると。無二や本位田外記を遥《はる》かに超える――無論のこと目の前の武蔵をも凌駕《りょうが》する、究極の一撃だ。

無意識のうちに、刃を水平に寝かせていた。身の内の命ずるままに、構えを変える。本能が、己を剣士としての頂に導いているのだ。

轟く大波の音が、背後からやってきた。それに乗るようにして、小次郎は跳躍した。

飛沫が、小次郎の足下に虹《にじ》を渡す。

手負いの狼のような咆哮を上げたのは、武蔵である。砂浜をめり込ませるように、地を蹴った。

両者の斬撃が同時だったのは、最初の刹那だけだ。

小次郎の直刀の方が、はるかに疾い。

横薙ぎの一閃は、たちまちのうちに飛刀の間に入る。

その瞬間、小次郎の視線と意識が武蔵の体の一点へと吸い込まれた。

飛び上がった武蔵の左足が、潮から脱している。臑が見えた。

濡れた肌に刻まれているものがある。痣だ。

蛇が巻きつくような、青黒い痣があるではないか。

握っているのは刀のはずだが、己の掌に蘇ったのは二十数年前の赤子の肌の感触である。

本位田外記の子を抱き、襁褓から伸びる足に痣があったことを思い出す。

――武蔵は、無二の子ではない。

小次郎の全身の腱《けん》が悲鳴を上げた。

全ての筋肉が軋み、関節が絶叫を奏でる。

絞り出した力は、刀を握る手首に集約された。奥歯が砕ける音を聞きつつ、小次郎は手首を捻った。飛刀の間にある刀の軌道を変えるために。
武蔵に向けられていた切っ先が下を向いた。
剣の平が、本位田外記の子のこめかみを襲う。
視界を潰したのは、武蔵の木刀の一撃だった。
小次郎の尾骶骨《びていこつ》が、砕ける。武蔵の一撃が、眉間を狙ったのではないと悟った。
その延長にある、背骨と尾骶骨さえも両断する軌道だったのだ。
崩れゆく小次郎の視界に、呆然《ぼうぜん》と佇む武蔵が映る。こめかみから血を流していた。
なぜか、全身を貫く激痛が心地よい。
理由は、すぐにわかった。
当然だ。己は、誰も成し得なかった飛刀の間の軌道を変えたのだから。
何より……外記の子を。
気づけば、前のめりに倒れていた。ちょうど波が退いて、砂浜に顔がめり込んでいる。
「なぜだ」と、声が落ちた。
眼球を動かす。敗者のように、戦慄く武蔵の姿が映った。

「どうして、途中で剣の軌道を変えた」

小次郎は震える腕を動かして、武蔵の左臑の痣に指をやった。隠すように波がやってきて、痣が見えなくなる。

逞しい両腕に抱えられた。

かつてとは、全く逆だ。過去に抱いた赤子の胸の中に、小次郎はいた。

「武蔵、お主は無二の子ではない」

顔の半面を朱《あけ》に染めた武蔵の唇が震え出す。カチカチと歯を打ち鳴らす音がする。

「お主は本位田外記の子だ。左臑の痣がその証だ。無二は……貴様の、父の……仇だ」

体が揺れている。

武蔵が、小次郎を陸へと運ぼうとしているとわかった。

「しゃべるな。助かるかもしれん」

乾いた砂の上に置かれた。

「待っていろ。水を持ってくる」

武蔵が走る音が聞こえ、やがて小さくなる。

「決闘は終わった。見物人はただちに帰れ」

聞き覚えのある声がした。

群衆が、遠ざかる気配がする。

小次郎は微睡《まどろ》むように、生死の間をいきつ戻りつした。悔いはない。ただ、武蔵に全てを伝えきれるかどうかだけが心配だった。

草鞋《わらじ》が砂を踏む音が、小次郎の肌を揺らす。視界を塗りつぶすように、ふたつ大きな影が現れた。

ひとりの顔には四条の傷が走っている。虎殺しの菅六之助だ。

そして、いまひとりは――

動かぬはずの小次郎の首が持ち上がった。快感だった激痛が、責め苦に変わる。

鉄《くろがね》のような肌に針金のごとき体毛、首にかけた古流十手とクルスが親子のように寄り添っていた。

「無二、貴様、なぜ、ここに」

牙のような歯を見せつけて、笑いかけられた。首のクルスを外し、褒美を与えるかのように小次郎にかける。

「見事だ。よくぞ、武蔵と立ち合い、その成長を助けた。だけでなく、あろうことか飛刀の間さえも制するとはな」

次に無二がしたことは、首にあった十手を外し、手に握りしめることだった。

「巌流小次郎よ、あるいはこの決闘は貴様の勝ちかもしれん。だが、武蔵はこの敗北でさらに強くなる」

小次郎の首に、十手の刃が添えられる。

「儂以上の武芸者に育つ。奴の五体に流れる本位田外記の血が、間違いなくそう導く。仕合えば一合もあわせずに、儂は武蔵に殺されるだろう」

それを望むかのように、無二は笑った。

「ご苦労だった、小次郎。最後の仕事を成せ」

躊躇なく無二は十手を横に引いた。

赤い波を思わせる血が噴き上がり、視界を覆う。血流に押されて、首が横を向いた。武蔵の座していた黒岩が見えた。小枝が転がっており、砂に何かが描かれている。

最後の力を振り絞り、眼に力を込める。

鷹《たか》の絵だった。

力が漲る翼をはためかせて、大空を舞う図である。

砂が盛り上がるように、翼が動いた。

右左と、羽ばたく。

やがて、鷹は砂から飛び立った。いつの間にか、小次郎の魂は鷹に変じている。

ひとつふたつと翼を動かすと、力強く上昇する。

下を見た。白い砂浜に染みをつくるかのように、己の骸がある。

宮本無二と虎殺しの菅六之助、そして武蔵の足跡が何かの紋様を刻むかのように残っていた。

無二の十字架

（一）

「儂《わし》はどうすればよかったのだ」

宮本無二《みやもとむに》は、生者のいない空間で独語した。足下から濃く漂うのは、血の香だ。恐る恐る目を下にやる。石畳を敷くかのように、隙間なく骸《むくろ》が折り重なっていた。血の香に混じって汚物の臭いがするのは、先程宮本無二が嘔吐《おうと》したからだ。

何人かは仰向《あおむ》けに息絶え、生気の喪《うしな》ったまなこを無二に向けていた。皆、知った顔ばかりだ。共に山野を駆け回り遊んだ朋輩《ほうばい》、剣術の稽古《けいこ》をした仲間、小さい頃に世話になった親戚《しんせき》もいる。

無二は、左右の手にそれぞれ持つ得物を見た。右手の長刀と左手の古流十手には、べったりと血がついている。だけでなく、握る手にも。この血が、己の幼馴染《おさななじみ》のものと思うと、気が狂いそうだった。

「なぜ、裏切った」

声がして、慌てて振り向く。

朋輩の生首が、こちらを睨《にら》んでいた。動かぬ唇から、言葉が紡がれる。

「なぜ、新免《しんめん》に与《くみ》した。奴は逆賊だ」

無二《むに》は呻き声でしか答えられない。

新免家は、美作《みまさか》の戦国大名・後藤勝基《ごとうかつもと》に仕える豪族だった。無二は新免家の微禄《びろく》の侍である。しかし、備前《びぜん》の宇喜多《うきた》家が下克上で急速に力をつけるに及び、無二の仕える新免家は後藤家を裏切った。

「後藤家を裏切った新免家は悪逆だ。にもかかわらず、なぜ我らに刃を向けた」

彼らは裏切った新免家をよしとせず、家中を飛び出し後藤家に馳《は》せ参じたのだ。

だが後藤家は呆気《あっけ》なく滅び、美作の山中深くに逃げた。

あろうことか、新免宗貫《そうかん》は彼らの討伐を朋輩である無二に命じたのだ。

「ち、違う。儂は間違っていない。我が主《あるじ》は、新免様だ。決して後藤様ではない」

ガチャリと音がした。目を下にやると、両手に持っていた長刀と十手が落ちている。慌てて拾おうとしたが、戦慄《おのの》く指では取りこぼすばかりだった。

「朋輩を殺すのが、貴様の武士道か」

生首の言葉に、無二はたまらずに膝《ひざ》をついた。

──主君には、犬のように忠僕たれ。

それが父祖から続く教えだった。侍は渡りものと呼ばれる時流にあっても、鎌倉《かまくら》以来の美徳を愚直に守り続けた。

剣と忠で、主に奉仕する。

己の生き方は間違っていない。にもかかわらず、罪悪感が吐き気と共に迫《せ》り上がる。吐き出すものがなくなったのに、無二は嘔吐し続けた。

（二）

新免家の竹山《たけやま》城にある謁見の間で、宮本無二はずっと平伏していた。新免宗貫が談笑する声が隣の部屋から聞こえてくるが、こちらへやってくる気配はない。

いつものことなので、じっと待ち続けた。

どのくらい時が経っただろうか。襖《ふすま》が開く音がして、「ご苦労だったな、無二よ」と声をかけられた。

はるか上座に主君はおり、近づこうにも微禄の無二にはこの距離が精一杯だった。

「さすがは十手《じって》当理流《とうり》の達人だ」

嬉《うれ》しげな声がしたが、顔はぴくりとも動かさない。顔を上げろとは、命じられていないからだ。

床を踏む音が聞こえてきた。主君が歩み寄っているのだろう。珍しいこともあるものだ。

何かが、無二の首にかけられる。垂れ下がった紐《ひも》の先には、胸のところで棒切れのようなものが結ばれていた。目を凝らすと、十字の紋章だとわかる。異教の切支《きりし》丹《たん》たちが持つ、クルスというものではないか。

「いつまでそうしている。顔を上げろ」

頭をゆっくりと持ち上げた。槍《やり》の名手として名高い新免宗貫が立っている。顔にある傷を撫《な》でつつ、無二を見下ろしていた。

「此度《こたび》の褒美じゃ。お主を切支丹に入信させてやる」

訳がわからず、返事も出来ない。

「フフフ、我が意図がわからぬか。まあ、忠犬と呼ばれるお主では無理もないか。

「新免家が、宇喜多家では新参なのは知っておろう」

黙って頷《うなず》く。

「宇喜多家には切支丹が多い」

所領の石高では家中一の明石行雄《あかしゆきかつ》、親族衆筆頭の宇喜多詮家《あきいえ》、後藤家を滅ぼした大将の延原弾正《のぶはらだんじょう》らのことだ。

「新参の我らが宇喜多家で生きてゆくには、切支丹を信じる家老衆と手をつなぐが肝要。そこで約束したのじゃ。家中の者を切支丹に改宗させるとな」

痒《かゆ》いのか、新免宗貫はしきりに刀傷を指で引っ掻《か》いている。

「さしあたっては無二よ、貴様だ。此度の褒美として、切支丹に入信させてやる。喜べ」

鷹揚《おうよう》な足取りで上座に戻り、尻《しり》を落とす。

「いつまで惚《ほう》けている。何か言え」

「は、はい、ありがとうございます」

新免宗貫は、鼻だけで笑った。

「嬉しかろう。儂もいい考えだと思うておる。お主の十手の技は、備前の宇喜多家にも聞こえておる。十手とクルスの形が、また似ておる。明石殿らも、十手の達人のお主を改宗させると言ったら、喜んでおったわ」

左右にいる小姓が、蔑《さげす》んだ目を下座の無二に向けてきた。いつものことなので、黙って耐える。

「無二よ、もう用は終わった。さっさと去れ。儂は忙しい。新しく側室を迎えるゆえな」

蠅でも追い払うように、手を振る。慌てて一礼して、無二は退室しようとした。

「ああ、そうじゃ」と声がかかる。

「切支丹の教えでは、自害を禁じているらしい。そのこと、よう覚えておけ。もし、お主が知らずに腹を切れば、儂は宇喜多家中で笑い物にされるゆえな」

振り返ろうとしたら、「いけ」と言葉が飛んだ。部屋から出るより早く、背後で新免宗貫が立ち上がる気配がする。

「さあ、新しい姫への贈り物を見繕うぞ」

閉じられた襖の向こうから、嬉しげな主の声が聞こえてきた。

（三）

昼だというのに、酒盛りをする声が響く。焼けた魚の薫香が、宮本無二の鼻をくすぐった。蔵の裏で、無二は尻を地につけて座っている。宴《うたげ》の場に行こうとは思わない。朋輩を殺した己は、目出度《めでた》い場にそぐわないからだ。

大きな歓声がやってきたので、無二は己の両膝を締めつけるように抱き、やり過ごす。

柔らかい足音が近づいてくることにも、気づいた。同時に、味噌《みそ》の香も運ばれてくる。

湯気をたてる椀《わん》ものが、鼻の先に現れた。芋や山菜が、たっぷりと入っている。

無二は眼球だけを動かして、椀を持ってきた人物を見た。ひとりの女性が、無二に差し出している。蜂蜜《はちみつ》色の肌は娘の闊達《かったつ》さをよく表している。黒い絹を思わせる髪や整った目鼻は近隣にも知られていた。宮本無二の親戚の娘の於青《おせい》だ。小さい頃から共に遊んだ幼馴染でもある。

「ほら、無二、お腹空《す》いたでしょ」

椀をさらに近づけられて、鼻の頭がしっとりと湿る。

「儂のことはほっといてくれ。それより、さっさと宴に戻ったらどうだ。使者様のお立場を考えろ」

於青の眉間《みけん》に薄い皺《しわ》が入り、目尻と口端が下がる。幼い頃、無二が意地悪をすると、すぐに於青はこんな顔をした。そして泣き出すのだ。

於青は俯《うつむ》いて、椀を無二のすぐ横に置く。さすがにもう泣くことはなかったが、目尻は下がったままだ。

「私が新免様の側室になることが、無二には嬉しくないの」

無二は、膝を抱く腕に力を込めた。

新免家を裏切った残党を征伐して数日たった今日、無二の隣にある於青の家に主君の使いがやってきたのだ。そして驚くべきことを言った。於青を、新免宗貫の側室に迎えるという。無論、断ることはできない。了承の証《あかし》として、その日の内に使者を歓待する宴が開かれることになった。

「どうなの」

無二は答えられない。於青の輿《こし》入れが主君である新免宗貫の望みなら、これほど喜ばしいことはない。にもかかわらず、主から叱責《しっせき》されたかのように心が沈む。

於青は顔を近づけて、無言で答えを促した。こうなると、答えるまで動かないのは幼馴染なのでよく知っている。

「主君の望まれた婚儀が、嬉しくないはずがない」

顔を前に向けたまま、無二は言う。

「じゃあ、どうして来てくれないの」

無二は、口を真一文字にして噤《つぐ》む。

「いつも、そう。小さい頃から、都合が悪くなると、しゃべらない」

無二と同じように膝を抱いて、於青はしゃがみこみ、目線の高さを合わせた。あえて、無二は明後日《あさって》の方向へ顔を動かして、視界の外に於青をやる。

地に何か描いているのか、砂の上を指が滑る音がした。

於青は小さい頃から、絵が好きだった。よく無二やもうひとりの幼馴染の顔を描いてくれた。

やがて音は止み、ため息が無二の肌に吹きかかる。

「どうしても、来てくれないのね」

首を折って、頷く。

「じゃあ、ご飯だけでもお腹にいれて。使者様にお酌をしたら、おにぎりも持ってきてあげる」

於青は立ち上がり、足音が遠ざかる。

目を、幼馴染のいた場所へやった。

地面に男の絵が描かれている。大きな顔と厳《いか》つい骨格は、無二の姿だ。滑稽《こっけい》なほど眼球を大きく表現し、鬼のようだ。なのに、いじけた童のように膝を抱いているのがおかしい。

思わず、両腕で抱えた膝を解放してしまった。左右を見回し誰もいないのを確かめてから、椀を手に取る。唇をつけ、音を立てて吸った。山菜の旨《うま》みが溶けた汁が、口の中に染み渡る。

（四）

無二の右手には長い木刀、左手には十文字の木製の十手が握られていた。

「さあ、どうされた。遠慮なく、名乗られよ」

自分を取り囲む弟子たちを見下ろす。微禄の無二の道場に屋根壁はない。野原である。風が吹き抜け砂が飛ぶ中、剣を打ち下ろすのだ。

「誰もおりませぬのか。この無二めと手合わせするという者は立ちなされ」

周囲にいるのは弟子といえど、皆身分や家格は無二より高い。

「情けない。それでも新免家の武士ですか」

唾《つば》を飛ばし詰《なじ》ると、ひとりふたりと立ち上がった。ほとんどの者が、望んで入門したのではない。新免宗貫が無二の強さに目をつけ、これはと思う直臣の子弟を無理矢理に弟子入りさせたのだ。

「無二よ、少し口が過ぎぬか」

ひとりが肩をいからせて、前へ出る。

「口が過ぎるとお思いなら、手に持つもので黙らせなされ」

この言葉に全員が立ち上がった。

「なめるな。二刀など、戦場では役に立たん」

ひとりが木製の十手を放り投げ、両手で木刀を握る。そして、気合いと共に打ち込んできた。無二は、あえて動かない。

鈍い音が響いた。無二は、額から熱いものが流れるのを自覚する。

周りを囲む門弟たちが、ざわめき始めた。無二は避《よ》けずに、木刀を額で受け止めたのだ。

「この程度でございますか」

武士の顔相が険しくなる。周囲に目をやると、皆が左手に持つ十手を捨てた。

「命令に従うだけの犬のくせに、ここまで愚弄《ぐろう》するか」

ひとりが唾を地面に吐き捨てる。

「ならば、全員で稽古をつけてやる」

無二の額を打擲《ちょうちゃく》した侍が叫ぶと同時に、門弟たちが次々に打ち込んできた。

無二は避けない。仁王に立ち、歯を食いしばる。腕、胴、肩を激しく打擲される。

皮膚が破れ、痛みが走るが、なにほどのことがあろうか。誰も無二を殺す気で打ち込んでいない。

水平に薙《な》いだ木刀が、無二のこめかみを襲った。

ぐらりと視界が揺れた瞬間に、咆哮《ほうこう》する。

無二の両手に持つ木刀と十手が、それに和すかのように風切音を響かせた。

別々の生き物のように、一文字と十文字のふたつの武器が躍動する。

十手が襲い来る木刀を防ぎ、虚空に跳ね飛ばす。致命傷になりかねない弟子の打擲だけを避けて、木刀で首筋を打ち込み、十手をみぞおちに深くめりこませる。

次々と門弟たちが地に伏していく。

やがて、両脚で立つのは無二だけになった。

血混じりの汗を、腕で拭《ぬぐ》う。息も穏やかだ。稽古の激しさを伝えるのは、胸に揺れるクルスだけである。

「生温《なまぬる》い」と呟《つぶや》いて、顔を天に向けた。

「この罪深い己を打ち据える者はいないのか」

「ひとり、いるぞ」

そんな声が後ろからした。

振り返る前に、思い出す。己以上の天分を持つ、唯一の弟子のことを。新免家の家老・本位田《ほんいでん》家の嫡男だ。歳が近いこともあり、幼き頃から無二や於青と三人で遊んだ幼馴染でもある。長じると無二の弟子となった。そして三年前、武者修行の旅へと出たのだ。

『無二以上の技を身につけたら帰ってくる』

そんな言葉を残して。

ゆっくりと振り向いた。編笠《あみがさ》を深くかぶった若武者が立っている。埃《ほこり》だらけの旅装姿だ。長い脚は、袴《はかま》の裾《すそ》から肌が露出していた。左臑《すね》には青黒い痣《あざ》がある。本位田家の男児に代々現れるというもので、細長く蛇が絡みつくような形をしていた。

「外記《げき》さま」

無二は、跪《ひざまず》こうとした。宮本家は家老本位田家の与力で、合戦では常に指揮下に入る。剣の弟子であり朋輩といえど、身分の差は絶対だ。

「よせ」と、制された。

「別れの約定を覚えていないのか」

忘れる訳がない。師以上の技を身につけると言った弟子に、「では再会の挨拶《あいさつ》は、剣戟《けんげき》で」と無二は答えたのだ。

すでに若武者の両手には、得物が握られている。打ち据えられた門弟から拝借したのだろう。左右ともに長い木刀であった。

「いざ」と叫び、ふたり同時に打ちかかる。

三本の木刀と一本の十手が、間合いの中央で激しく交差した。

数合もせぬうちに、無二の顔が歪《ゆが》む。

手に滲《にじ》む衝撃は、先程の門弟たちの打擲の比ではない。何より外記は、両手に持つ長い木刀を手足のように操っている。無二でさえ、左では短い十手しか操れない。

編笠の隙間から見える男の口が、無邪気な笑みを象《かたど》る。それが合図だったかのように、左右の木刀が躍動した。

十手が、ポロリと手から離れる。最初は、左手に雷が落ちたかと錯覚した。次に右手にも同様の衝撃が走り、無二は無刀になる。

本位田外記の両刀が、無二の小手を打ったのだ。

振り上げる若武者の木刀が唸《うな》りを上げて、無二に襲いかかる。

あるいはこの一撃を受けたら、死ねるかもしれない。この斬撃《ざんげき》を避けるのは不可能だから、自害にはならぬだろう。

だが無二の願いは叶《かな》えられなかった。

一飛刀の間《ま》に入る寸前に、木刀が急激に速さを殺したからだ。紙一重の隙間を残して、切っ先が額の上で止まった。

「お見事です」

無二は感嘆の言葉を素直に口にする。

若武者は、編笠を跳ね飛ばした。筆で描いたような形のいい眉《まゆ》の下に、意志の強さを感じさせる瞳《ひとみ》が輝いている。

本位田外記――三年の武者修行から帰ってきた無二と於青の幼馴染だ。

（五）

山あいを流れる渓流の側に、無二と本位田外記は立つ。春のそよ風が水面《みなも》を揺らし、夕陽を反射する。その上を、ふたつの石礫《いしつぶて》が跳ねる。兎が飛ぶようにして、向こう岸まで届いた。

放ったのは、無二と外記だ。小さい頃、よくこうしていた。昔と違うのは、ふたりの間に於青がいないことだ。

無二は両手に石を持ち、左右同時に振る。心地よい水切音と共に、川の半ばまで達した。

「懐かしいな」と口にして、外記も同じように両手に石を持つ。

片手なら飛石の腕は互角だが、物心ついた頃から十手二刀流を学んだ無二は、左右の腕で飛ばすのが巧《うま》かった。

外記は体を低く沈めて、左右の手に持つ石を放つ。

「ほう」と、無二は声を上げる。投じられたふたつの石は、川の半ばを越えて対岸にたどり着いたからだ。

「お見事です。外記さま」

夕陽を受ける顔に、素直に賛辞を述べる。

「武者修行の旅、無駄ではございませんでしたな。もはや、某《それがし》では敵《かな》いませぬ」

外記は、横目で無二を見た。しばらく、沈黙が流れる。

「無二よ、なぜ旅に出ぬ」

問いかけの意味がわからず、首を傾げる。

「新免の家では、お主の才は活《い》かせん。誰もが嫌がる汚れ仕事を押しつけられるだけだ」

新免家を裏切った朋輩を殺した一件のことだ。無二は視線を下にやる。胸が苦しくなった。

「無二よ、美作から出るのだ。己のように武者修行の旅をして、広い世界を見ろ。さすれば、お主はもっと強くなる」

無二は首を横に振った。

「もったいないお言葉。ですが、旅に出るには、主の裁可がいりまする」

あの新免宗貫が許すはずがない。

外記が、ため息をつく。

「某の綽名《あだな》はご存じでしょう。美作の忠犬です。主命なくば、動けませぬ」

どうしてだろう。己の信念を語れば語るほど、心身が熱を失い、凍え固まっていく。

「それは違うぞ」

外記の口から強い言葉が発せられた。

「お主は決して新免家の犬ではない。忘れたのか」

無二は、外記を注視する。

「この村が、備前からきた軍に焼かれたことがあっただろう」

「ああ」と、思わず口にする。まだ十代の頃だ。備前浦上《うらがみ》家の軍が攻め寄せ、無二らは新免家の本拠竹山城に籠《こ》もった。その時、備前衆は村に火を放とうとしたのだ。

「無二は主が止めるのもきかず、村へ行ったろう」

足弱《あしよわ》衆と呼ばれる女子供が村に残っていたからだ。その中に於青もいた。

「結局、村の衆は山中に逃げて事なきを得て、お主のやったことは徒労に終わったがな」

外記は愉快そうに笑う。しばらくそうした後、一転して真顔になった。

「お前が主の命を無視し、危険も顧みず村へ行ったのを見た時、己は武者修行の旅に出ることを決意した」

訳がわからず、外記の目を覗《のぞ》きこむ。

「あの時、無二に負けたと思った。剣の腕ではないぞ。お主が、於青のために命を捨てる覚悟をしたことにだ」

無二は顎《あご》に手をやる。なぜ、於青と武者修行が関係あるのかわからない。

「己もお主と同じ気持ちだった。於青を助けに行きたかった。だが、己にはできなかった」

外記が無念そうに唇を噛《か》む。

「己では、於青とはつり合わぬとわからされた。於青を娶《めと》るのは、無二以上の男にならねばならぬ。そう思ったのだ」

外記の言わんとしていることをやっと理解し、そして驚いた。

夕陽を反射しているせいか、外記の瞳はいつもより輝いている。なぜか、寂しげな光を伴っていた。

「無二よりも、己の方が於青にふさわしい。武者修行の旅で、やっとそんな自信をつけたら、このざまよ」

無造作に足下の石を掴《つか》みとり、投げた。水面を跳ねることなく、それは水中に没する。

（六）

いよいよ婚礼の前夜、村を挙げての宴は祭のようだった。家の門前に提灯《ちょうちん》が並び、曲が奏でられ唄《うた》が歌われる。焚《た》き火の周囲には、踊りの輪があちこちにできていた。手に木刀を持ち、無二はひとりで歩く。祝いの席に入る気はなかった。ただ、一心不乱に木刀を振りたい。そう想っていた。

竹林に分け入る。青竹が月明かりを反射して、闇を蒼《あお》く薄めていた。

ふと、首を横にやり、目を細めて遠くを見た。

竹林の合間に、ひとりの女人が立っていた。夜気を吸い込んだような黒い髪が、風になびいている。

無二は、思わず息を呑《の》む。

立っているのは、於青だ。

月を見上げて、手を胸の前に組み、何かを必死に祈っている。

竹の陰から、無二はその様子を見守る。どれくらい、そうしていただろうか。

於青の双眸《そうぼう》が潤み出し、滴がひとつふたつと生じる。銀色の筋を引きながら、頬を落ちた。

竹を握る手に、思わず力が籠もった。ミシリと竹が軋《きし》んだ時、於青の柔らかい唇が動き、声が発せられる。

「外記さま」

無二の体が凍りつく。いつのまにか、於青の両肩が震えていた。嗚咽《おえつ》を必死に押し殺している。

無二は俯いた。音を立てぬように、ゆっくりと背を向ける。忍び足で竹林の道を逆に進み、村へと戻った。

なぜか、足が重い。今なら童が斬りかかっても、容易《たやす》く殺されてしまうだろう。

於青が見上げていた月に、顔を向ける。

「己は犬だ」

拳《こぶし》を強く握りしめながら叫んだ。

「主の言うことを、誰よりも忠実に守る」

そう宣言すると、ほんの少しだけ足は軽さを取り戻した。

（七）

美作の山々が美しく色づいている。

遠目に見える木々は果実を実らせ、枝を重たげにしならせていた。無二と本位田外記は、稽古終わりで火照った体を秋風で冷ます。

無二は、横に座る外記を見た。左膕の痣をかきつつ、味わうように風を受けている。

収穫を迎えたのは山々だけではない。長刀を左右に構える外記の二刀流もだ。今や、十本のうち八本は無二が負ける。師より強い弟子も妙なので、無二は一刻も早く一流を打ち立てろと促していた。

汗が乾く頃になって、外記は口を開く。

「そこまで言うなら、一流を立てよう。ただし、ひとつ頼みがある」

「何でございましょうか」

「流派の名を考えてくれ。己の二刀流に相応《ふさわ》しい名を、皆伝の証として師である無二に考えてもらいたい」

そう言われれば、考えない訳にはいかない。ただ、無二にはそういった才がない。あるいは、絵をよくする於青なら思いつくかもしれない。

目を瞑《つぶ》り、しばし考えた。

外記の太刀筋が思い浮かぶ。二本の刀が、銀色の激流となって打ち下ろされる。

「巌流《がんりゅう》はどうでしょうか」

自然と口をついて出た。

「激流の中にある巌《いわお》で、巌流でございます」

外記の二刀流の太刀筋が、巌でふたつに分かれた川の流れを連想させる、と命名の由来を説く。外記は、顎に手をやって考えこんだ。

「悪くない。いや、よいな。気に入った」

「では、これをもって、我が十手当理流を免許皆伝とします」

童のような笑みを無二に向けてくる。

「不思議だな。名をもらうと、迷いが消える」

「今日からは巌流本位田外記でございますな。きっと、於青様も喜ぶでしょう」

何気なく口にした言葉は、たちまち外記の表情を曇らせた。

尻についた枯草をはたきながら、外記は立ち上がる。

「そういえば、もうすぐだな」

於青が新免宗貫の子を身籠もったという報《しら》せが来たのは、半年前のことだ。あとひと月もすれば子が生まれる。男児であれば、これほど目出度いこともない。

「はい、きっと元気な赤子が生まれましょう」

外記を覆っていた闊達の気が、急速に薄まっていく。もう汗は乾いたというのに、荒々しく掌《てのひら》で顔を拭った。

（八）

竹山城の控えの間で、無二は白い息を吐き出す。待たされて、かれこれ一刻《とき》（約二時間）ほどになろうか。窓を見ると、粉雪もちらついていた。

だが、寒さが苦しいとは想わない。抱くものが、無二の芯《しん》を暖めてくれるかのように感じるからだ。懐にあるのは、旅の商人から購《あがな》った絵筆である。大小様々なものが、十種ほど揃っていた。

於青がとうとう男児を出産したと聞いたのが、数日前のことである。祝いの品を考えた時に、真っ先に思い浮かんだのが絵筆だった。

これで於青が赤子の顔を描いてくれれば、主も喜ぶであろう。

新免宗貫から呼び出されたのを幸いと、献上するために持ってきたのだ。無二から面会を申し込んでも、主君はすぐには会ってくれない。下手をすれば十日以上待たされる。

「殿のお仕度《したく》が整いました。すぐ参られよ」

前髪もとれぬ小姓が横柄な口調で告げて、やっと立ち上がることが許された。冷気で強張《こわば》ってしまった関節を鳴らして、無二は謁見の間へと続く廊下を進む。

「儂に渡したいものがあると言っていたな」

新免宗貫の声は、氷のように冷たかった。凍えきったと思った無二の体から、さらに熱が奪われる。

「いいだろう。こちらの用件を言う前に、もらってやる。近《ちこ》う寄れ」

おや、と思った。横にひとりの家老が座っている。灰色だが太く整った形の眉が、本位田外記に似ている。当然か。家老職にある、本位田外記の父親だ。なぜか脂汗をたっぷりとかいて、しきりに懐紙で額を拭っていた。

無二は膝を躙《にじ》らせて近づき、持ってきたものを捧《ささ》げる。

「ほう、これは何だ」

家老の本位田が尻を浮かし、狼狽《ろうばい》している。

「はい、於青様の男児ご出産のお祝いの……」

無二の言葉が途切れた。突如、新免宗貫が立ち上がり、蹴《け》りつけたからだ。絵筆が飛び散り、何本かがへし折れる。

主君が無二を睨みつけた。

「ほう、於青めが子を産んだのが、そんなに目出度いのか」

新免宗貫の顔は、血の気で赤らんでいた。顔にある刀傷が、怒りでしきりに震えている。

「赤子は不義の子よ」

一瞬、無二は主の言葉の意味を見失う。

「赤子は儂の子ではない」

意味を理解するのに、暫時《ざんじ》の間が必要だった。

「赤子の左臑にな、あったのじゃ」

「な、何がでございますか」

恐る恐る、無二は訊《たず》ねる。横目に見える家老の本位田は、顔を苦しげに歪めていた。

「蛇が巻きつくような痣よ」

無二は思わず家老へと眼をやる。袴の裾から臑が見え、蛇が巻きつくような痣があった。

「赤子には、本位田家の男児に代々あるという痣があったのじゃ。儂にも於青にも、本位田家の血は流れていない、というのにだ」

床に散らばった絵筆を踏みにじる。

「で、では」

新免宗貫は頷いた。

「そうだ。赤子は本位田外記めの子よ」

「も、申し訳ありませぬ」

叫んだのは、家老の本位田だった。その様子を鼻だけで嘲笑《あざわら》い、新免宗貫は続ける。

「だけなら、よい。罪を認め、赤子もろとも死ぬなら許そう。だが、あろうことか外記め、赤子と於青を連れて逃げおったのだ」

新免宗貫の足の下で、絵筆が粉々になる。

「なぜ貴様を呼んだかわかったろう」

無二は答えられない。

「貴様が討ち手となり、三人を追え。外記と不義の子を殺せ」

無二は思わず胸に手をやる。

喉《のど》からは空気さえも出ない。与えられた命令が、呼吸の仕方を忘れさせたのだ。

口を大きく開けると、やっとか細い息が吐き出された。

「まさか、美作の忠犬と呼ばれる貴様が、否とは言うまいな」

呼吸をするのに必死で、返事ができない。

「無二よ」と、叫んだのは家老の本位田だった。膝をつかって近づき、倒れこむようにして顔を近づける。

「受けろ。討ち手を引き受けてくれ」

家老に詰め寄られ、やっと呻《うめ》き声を上げることができた。

「もし、お主が受けねば、本位田家は誅殺《ちゅうさつ》される。家のためだ。儂は、我が子を捨てる。だから、貴様も殿の言う通りにせい」

肩を力いっぱい揺すられた。

「お主が断れば、兵を向けられるのは本位田家だけではないぞ」

「え」と、呟く。

「本位田家の与力であり、於青の里でもある宮本家も同罪じゃ。村を焼かれ、皆殺しだ」

家老の眼がひび割れるように血走っている。

「やるのか、やらぬのか。さっさと決めい」

主君の罵声《ばせい》が飛んできて、無二は頭を両手で抱え込んだ。

己の力で考えることができない。しようとすると、ひどい頭痛に襲われる。ぽたぽたと汗が畳の上に落ち、染みをつくった。

「もし、貴様が討ち手となるなら、於青だけは助けてやろう」

鞭《むち》打たれたかのように、無二の全身がびくつく。ゆっくりと主を見た。無二でさえ正視しかねる、下卑た笑みを新免宗貫は浮かべている。

「断るならば、弓衆と鉄砲衆をつかって、三人もろとも殺す。いかに本位田外記が剛強でも、産褥《さんじょく》でろくに動けぬ於青と赤子を連れて、弓や鉄砲に敵うと思うか」

美作は乱世を極めた国だ。〝国の中に国境がある〟とまで言われた美作で、新免家は生き残った。武者ひとりを弓と鉄砲で殺すのに、万にひとつもしくじるはずがない。皮肉にも、本位田外記の剛勇は家中で知れ渡っている。決して油断することなく、遠間から三人を射殺するはずだ。

「弓で外記めを殺すのは、やりたくない。外聞が悪い。考えてもみろ、ひとりの武者を殺すのに、何十人で囲むのだぞ。宇喜多の殿様に笑われるわ」

かといって、正々堂々と戦って有為の士を無駄死にさせるつもりもないようだ。

新免家を裏切った男たちの粛清を、無二に命じた時と同じ理由だった。

「どうする。断れば、於青も含めて三人皆殺しだ。受ければ、於青だけは助けてやる」

無二の頭に、新免宗貫の言葉がしみ込む。

「言っておくが、もう鉄砲衆らは国境の関を守っておる。こうしているうちにも、於青らはのこのこと関へ現れ、銃弾を打ち込まれているかもしれんぞ」

頭に浮かんだのは、ひとりの女人の姿だった。陽に灼《や》けた肌に、醜い孔《あな》がいくつも穿たれている。於青の柔らかい体に、鉛の弾がめり込んでいた。

総身が一気に粟《あわ》立つ。

「や、やります」

己が発した言葉とは、最初理解できなかった。

「本位田外記と不義の子を、某が討ちます」

唇が動いていることに気づき、自身が発した声だと悟る。まるで、もうひとりの自分が話しているかのようだ。

「ならば、さっさと行け。美作の忠犬たることを、行動と結果で示せ」

汚いものでも遠ざけるように、主は手を振った。無二の本能が一礼させる。

「そうだ。これだけはくれぐれも言っておく。何があっても、於青には傷ひとつつけるな」

床に額をつけたまま、無二の体が固まる。

「奴めは惜しい。生かしたまま連れてこい。前非を悔いるなら、また側室にしてやる」

無二は「はい」と呟くことしかできない。

「いいな、もし於青を殺すようなことがあれば、たとえ外記めを成敗しても罪は重いぞ。その時は、貴様は腹を切って詫《わ》びろ」

無二は思わず顔を上げてしまった。首にかけていたクルスが揺れて、胸に当たる。

新免宗貫は片頰を歪めた。

「もっとも、切支丹の貴様《は》が腹を切ることは許されんがな。その時は、大人しく戻って来い。儂自らが首を刎ねてやる」

（九）

紙垂《しで》が巻かれた大木の根元には、手裏剣が刺さった猟犬の骸が何体も散らばっていた。

見下ろすように、無二は立つ。足下には、ひとりの武芸者が血を流し伏していた。

どうやら、本位田外記の助太刀に駆けつけた若者のようだ。手裏剣の技はなかなかのもので、無二が放った猟犬のほとんどが殺されてしまった。

「まっ、まて」

足下の若者から声がしたが、無二は無視する。とどめは刺さない。それよりも、本位田外記らを追う方が先だ。

斜面を登り、山の中へ無二は分け入る。

焦る必要はなかった。まだ、赤子は泣いている。三人がどう逃げようとしているか、手にとるようにわかる。ならば、先回りする方が賢い。

肌を傷つけるように阻む枝を払うこともせず、無二は山中を駆けた。泣き声を左手に聞きつつ、追い越す。

山道の脇にある一本の大木を見つけて、足を止めた。見上げると、枝が蜘蛛《くも》の巣のように伸びている。無二は樹皮に指をかけて、這《は》い上がる。

己より技量が上の本位田外記と、尋常に勝負をするつもりはない。もし負ければ、外記だけでなく於青も国境の関で射殺される。

於青を救うには闇討ちしかない。最初から、そう決意していた。猟犬が兎を狩る時に風下から近づくように、無二は己の巨躯《きょく》を音もなく樹上へとやる。

太い枝に両足をかけ、じっと息を潜めて待った。赤子の泣き声が、どんどんと近づいてくる。目を細めると、人影が見えた。背に於青をおぶっている。片腕に赤子を抱いているのだろう。紺色の襁褓《むつき》が、ちらちらと覗いていた。

逞《たくま》しい外記の体は、汗だくで着衣が黒ずんでいる。背に負う於青は項垂《うなだ》れ、背中を上下させながら荒い呼吸を繰り返していた。いつもは美しく軽やかな髪が、ひどく重そうだ。無二の存在に気づいた訳ではないだろうが、赤子の声が止む。

「よかった」と、声が聞こえた。外記の疲れた顔に、淡く希望が広がる。

「今のうちに進もう」

ずり落ちそうになる於青を励ます。黒い髪が動いて、於青の顔が見えた。頬がこけ、肌は土気色になっている。

「外記さま、私は置いていってください」

於青の声は涙に濡《ぬ》れていた。

「それはならん。三人で、親子揃って美作を越えるのだ」

荒い息とは対照的に、外記の足取りは力強い。

樹上で待つ無二はすでに長刀を抜き放ち、左手には十手が握られていた。

本位田外記がとうとう樹の下に来た時、無二は枝にかけていた足を外す。

於青が顔を上げた。皮膚を裂くかのように、眼が見開かれる。

「やめて、無二」

外記も顔を上げた。ふたりの表情が極限までひしゃげる。

無二は右に持つ長刀を、躊躇《ちゅうちょ》なく於青に打ち下ろした。

なぜか。

そうすれば、間違いなく外記がかばうからだ。外記を狙えば、避けられるかもしれない。

手に響いた衝撃は、手応え《てごた》というには生々しすぎた。於青をかばおうとした外記の額を見事に割ったのだ。

於青の体が投げ出される。

血だけでなく薄茶色の脳漿《のうしょう》もまき散らしつつ、外記はよろめく。だが、左腕に抱く赤子だけは離さなかった。紺色の襁褓から、柔らかくも短い手足が伸びている。

無二は十手を捨て、両手で長刀を握る。

赤子の頭は、ちょうど外記の心臓の位置だ。ふたつの命を奪えという主の命令を遂行するには、あと一太刀あれば十分だ。

踵《かかと》の腱《けん》を極限まで伸ばした前のめりの姿勢で、突きの構えをつくった。赤子と外記を串刺《くし》しにする刀の軌道を頭に思い描き、しくじらぬように素早く反芻《はんすう》する。

咆哮と共に、無二は突進した。

襁褓の陰から、赤子の横顔が見えた。何かをねだるように、唇を動かしている。

無二の切っ先は、赤子の頭を貫く手前で止まった。

刃は襁褓には届いたが、赤子にまでは至っていない。表面の生地を削り、糸だけが舞う。

両手を広げ、外記と無二の間に立ちはだかる人がいた。向けられた顔の目尻と口端は下がり、泣くかのようだ。

黒く長い髪が風に吹かれて、無二の顔を優しく撫でた。

無二の長刀は、於青の胸を刺し貫いていた。

必殺の突きは、赤子の母の肋骨《ろっこつ》を粉砕し、硬い背骨を削った。それゆえに、切っ先は赤子の手前で止まる。

無二の瞼《まぶた》が持ち上がり、視界が極限まで広がった。於青が刃の根元を握る。

「無二、お願い」

血と共に、懇願の言葉を零《こぼ》す。下がった目尻から、結晶のような涙が浮かんだ。

「この子だけは……」

最後は音にならなかったが、何を言わんとしたかは無二にはわかった。刃の上を滑るようにして、於青の体が地に落ちる。

続いて外記の体が折り重なるようにして、於青の上に倒れた。眼に残っていた微《かす》かな生気は、於青の後を追うように消えていく。

無二の目の前に動くものは、ひとつしかない。

両親の骸に抱かれるようにして、紺色の布にくるまれた赤子がいる。短くも小さな四肢を、必死に動かす。小さな口を大きく開けて、顔をくしゃくしゃにしている。

気づけば、無二は両膝と両手を大地につけていた。於青と外記の血が流れてきて、指先を汚す。

一体、どれほどそうしていただろうか。

「この愚か者め」

罵声が、耳を襲った。

「検死役の我らを振り切るだけでなく、於青様をも殺しおったのか」

いつのまにかふたりの武士が立っていた。

「だけでなく、赤子も生きているではないか。成したのは、外記を殺すことだけか。美作の忠犬も地に墜《お》ちたものだ」

ふたりが目を合わせた後、言葉を継ぐ。

「無二よ。殿から受けた下知は憶《おぼ》えているな」

ゆっくりと頷いた。

「では、赤子を殺し損ねただけでなく、於青様を手にかけた罪を償え」

眼の前に脇差が置かれた。

「さあ、腹を切れ。介錯《かいしゃく》はしてやる」

無二は首を横に振った。胸のクルスを震える手でとり、ふたりに見せる。

「ご、ご主君から、自害は禁じられております」

ふたりの武士が、再び目を見合わせる。

「ですので、我が首を刎ねてください」

すぐに、鞘《さや》を走る音が聞こえてきた。

「ふん、犬の血で先祖伝来の刀を穢《けが》すことになるとはな」

「よく言うわ。真っ先に抜いたくせに」

どうしてだろうか、耳朶《じだ》を撫でる嘲笑《ちょうしょう》が無二には心地よい。

これでやっと終われる。

そう思った時、視界の隅で紺色の何かが蠢《うごめ》いた。外記と於青の子をくるむ襁褓だ。

小さな腕を、天に向かって突き出している。口を必死に動かしている。

その上に閃《ひらめ》くものがあった。

銀色の光が、無二の眼を刺す。

もうひとりの武士が刀を振りかざし、赤子へと突き刺そうとしているではないか。

瞬間、於青の言葉が蘇《よみがえ》る。


——この子だけは……


絶叫は、介錯しようとした武士と己のふたつの口から迸《ほとばし》っていた。

無二は目の前にあった脇差を取り、抜刀と飛刀を同時に成してみせたのだ。

武士の喉仏を潰《つぶ》すように、脇差が深々と刺さっている。

赤子の命を絶たんとしていた、もうひとりの武士がこちらに振り向く。たちまち表情が強張る。

無二は、餓狼《がろう》のような咆哮と共に突進した。途中で落ちていた刀と十手を拾う。

「き、貴様、裏切るのか」

罵声と共に振り落とされた武士の斬撃を、無二の左の十手が阻む。すかさず右に握る長刀が閃いた。自身の肩が外れるかと思うほどの強烈な横薙ぎだった。紙を裂くような音と共に、武士の首が切断される。

頭を失った屍体《したい》は、生きているかのようにたたらを踏んだ後に崩れ落ちた。

無二は、左右の武器を手放す。

震える手を地面にやった。その先には、柔らかい肌を持つ赤子がいる。

「儂はどうすればいいのだ」

語りかけつつ、抱き上げた。

襁褓から出た二本の足が、目の前で忙《せわ》しげに動いている。柔らかい肉と滑らかな肌が、無二を愛撫《あいぶ》するかのようだ。

「主君の下知を守れなかった儂は、死なねばならぬ」

赤子が頰を歪めて、ぐずり出した。

「死ぬのは容易い」

このまま国境へ行き、於青を殺したと言えば、待ち受ける鉄砲衆が蜂の巣にしてくれる。

「だが」

手に握る紺色の襁褓に皺が寄る。

「儂が死ねば、この子はどうなる」

きっと新免宗貫は、外記の血を引く子を許さない。検死役がそうしたように、必ずや息の根を止める。

「教えてくれ、儂はどうすればいいのだ」

その時、襁褓からはみ出す両脚が見えた。左の臑に、紐が絡んだような青黒い痣がある。

ある考えが、天啓のように閃いた。

両のかいなが震え、赤子を取り落としそうになる。慌てて胸で抱き直した。

「そうだ。そうすれば、よかったのだ」

無二は独語し続ける。

「この子に、儂を殺させればいいのだ」

無二は無論のこと、本位田外記以上の無双の勇者に育てればいいのだ。そうすれば、新免家の追手に殺されることはない。

「外記様の血を引くこの子ならば、間違いなく儂より強くなる」

そして己を憎むように仕向け、成長したら命をかけて戦う。きっと、無二が最も望むものを与えてくれるだろう。

天高く、無二は赤子を掲げた。泣き声の断片を、赤子は小さな口から零しはじめる。やがて、雄叫《おたけ》びのような声が、無二に降り注いだ。

無二の腕が戦慄き、太く黒い体毛が揺れる。胸の中の心臓が、曲を奏でるかのように力強く鼓動した。

（十）

二十数年前の回想の中の心音と、今の己の鼓動が和する。

無二は、瞼を薄く上げた。

古い祠《ほこら》を改築した教会の壁は、隙間だらけの薄い板でできていた。風が吹き込み、埃を舞い上がらせる。

目の前には、無二の巨軀よりも大きな石造りのクルスが屹立《きつりつ》していた。その前に、無二は跪いている。両手は胸の前で固く組んでいた。掌は若い頃のように分厚いままだが、甲から生える体毛のいくつかは灰色になっている。

強張った指の肉が、無二の祈りの長さを教えてくれていた。

無二は再び瞑目《めいもく》し、回想する。

本位田外記と於青の子を、己を殺す刺客として育てると決めた、あの日のことだ。あの後、兎を狩り襁褓でくるんだのは、新免家の目をくらますためである。野犬が食《は》めば、赤子が死んだと勘違いしてくれることを期待したのだ。

「長かった」と、無二は呟く。

弁助《べんのすけ》と名付けた赤子と放浪することになる。新免家からの追っ手を避けつつ、子を育てた。逃げるだけではない。時には逆襲することもあった。本位田家の討ち手は特にしつこかったので、法事の隙をついて一族を闇討ちしたほどだ。

そんな戦い以上に凄惨《せいさん》だったのは、弁助を鍛える日々だったかもしれない。一切の手加減もせずに、短刀を額めがけて投げつけたことも一度や二度ではなかった。

やがて、外記と於青の子は十三歳になった。

その時、無二はかつての児戯に等しい謀《はかりごと》が、思わぬ余禄《よろく》をもたらしたことを知る。

弁助が有馬喜兵衛《ありまきへえ》という武芸者を倒し、初めて人を殺めた日、巌流津田小次郎《つだこじろう》と名乗る男が現れたのだ。本位田外記を追う過程で、手裏剣巧者の若者を斬り刻んだことを思い出すのに、しばしの時が必要だった。

無二が赤子を殺した――そう小次郎が思いこんでいることを知り、密《ひそ》かにほくそ笑む。

何より、二刀流の技を無二と互角になるまで高めていることに狂喜した。

無二は再び目を開けた。

巨大な石造りのクルスが視界を覆う。きっと、南蛮から海を渡ってきたものだろう。小さな隆起や細い亀裂《きれつ》があちこちにあり、永い年月をかけて巨大な石を、十字の形に彫り上げたものだとわかった。

「ながかった」

先程より大きな声で言った。

無二は、成長した武蔵と小次郎を戦わせることに決める。そのために細心の注意を払った。高弟の青木条右衛門《あおきじょうえもん》を目付役として同行させたのも、そのためだ。

そして、武者修行から九年が過ぎた。

――武蔵の剣に情が混じりつつある。

青木からの報せを受けた時、すでに無二はこの巨大なクルスのある教会に居を移していた。

失望はなかった。逆に、歓喜で体が震えたことを思い出す。

そう、今の己のように。

育ての父の己でさえ躊躇なく殺す魔人に、武蔵を変える秋《とき》が来たのだ。

ただちに無二は江戸《えど》に渡る。巌流津田小次郎を騙《かた》り、柳生新陰流《やぎゅうしんかげ》の大瀬戸《おおせと》と辻風《つじかぜ》を殺《あや》めた。さらに九州に帰り、虎殺しの菅六之助《かんろくのすけ》に命じ、高弟ふたりに辻風と大瀬戸を名乗らせ小次郎を襲わせる。

首尾は上々だった。武蔵と小次郎は、舟島《ふなしま》で生死無用の真剣勝負を演じた。結果は相打ちに近かったが、武蔵の出自に気づいた小次郎が刀を返して傷つけるだけに止《とど》める。

無二は、巨大なクルスの足下へと目を落とす。

一本の太い鞭が置いてあった。切支丹の苦行の鞭だ。

無二は人を殺める度に、七日に一度の礼拝の日に必ず己を鞭打つことを習慣にしていた。赤黒く変色しているのは、長年に亘《わた》り無二が己の体を打擲し続けたためだ。

服を脱ぎ、下帯一枚になる。濃い体毛を割るように、あちこちに傷がある。

太い指で、愛《め》でるように撫でた。傷のひとつひとつに触れる度、殺めた武芸者たちの顔が思い浮かぶ。左の脇腹にある古いふたつの傷は、最初に自擲《じちゃく》したものだ。

無論のこと、外記と於青のために。

無二は腕を伸ばし、クルスの足下にある鞭を取った。頭の上に振りかぶる。

今から、舟島での巌流津田小次郎の一殺を体に刻みつけるのだ。

無二は、於青と外記の傷がある左脇腹から反対の右脇腹へと目を移す。名も知らぬ手裏剣巧者の若者のために自擲した古傷があった。

渾身《こんしん》の力で、無二は鞭を振り下ろす。誰もいない空を斬り裂いて、先端が無二の右脇腹を襲った。古傷を隠すかのように、大きく新しい裂傷ができ、痛みがムカデのように全身を這いずり回る。

無二は嗚咽を漏らした。

痛みの、なんと甘美なことか。

脇腹から立ち上る血の香が、記憶を呼び覚ます。舟島で、武蔵に負けた小次郎の息の根を止めた時のことだ。古流十手で頸動脈《けいどうみゃく》を断った。噴き上がる血の香と潮騒《しおさい》が、鼻と耳に蘇る。

無二は小次郎を殺した後、青木条右衛門を呼びつけた。事の顚末《てんまつ》を――武蔵の出自も含めて全て明かし、武蔵に必ず伝えるように言い含めた。

さらに同行した菅六之助と石井《いしい》三之丞《さんのじょう》に鉄砲衆を率いさせ、武蔵を無二のところまで連れてくるように命じる。

これで、全ての段取りは終わった。無二は単身、舟島を離れ、また巨大なクルスの前へと戻ってきたのだ。

血の香と潮騒が徐々に遠のき、やがて消える。静寂が、無二と石造りのクルスを包み込む。

「永かった」

無二は、嘆息と共に声を落とす。石造りのクルスが答えるかのように軋み、欠片《かけら》が落ち、床から砂埃を舞い上がらせた。

（十一）

もうすぐ武蔵がやってくる。

無二は、着衣を再び身に纏《まと》う。きつく帯を締めた後に、胸に手をやった。首にかけた小さなクルスと古流十手が指に触れる。

ゆっくりと立ち上がり、巨大なクルスに背を向ける。

板壁とは違い分厚い扉が、入口を塞《ふさ》いでいた。

掌で、こじ開ける。

陽は西の山際に沈もうとし、天が血を流したかのようだ。

無二の眼前に広がっているのは、墓石の連なりである。静かに歩き、墓地の中央に立つ。緩やかな山の斜面は段々畑のように整地され、墓石で溢《あふ》れかえっていた。そのいずれにも、共通した印が彫りつけられている。

クルスの紋章だ。

中のいくつかは、石自体がクルスの形をしていた。

さすがは日本有数の切支丹大名大友宗麟《おおともそうりん》が支配していた豊後《ぶんご》だ。十九年前に豊臣《とよとみ》秀吉《ひでよし》が禁教令を発布して、宣教師を国外に追放した影響など微塵《みじん》もない。つい最近できたばかりの真新しい墓にも、クルスが刻まれている。

この中に己の命も刻まれるのかと思うと、無二の腹の底から愉悦が込み上げてくる。

が、どうしたことか、笑みは途中で舌打ちに変わった。

明らかに招かざる者の気が混じっている。こうべを巡らす。墓石の間から、ゆらりと影が現れた。

腰には、長刀と古流十手を差しているではないか。

「無二先生」

灰色の口髭《ひげ》を震わせて、侵入者は語りかけた。一番弟子の青木条右衛門だ。

「本位田外記、そして弁助との因縁、確かに武蔵めに伝えました」

墓石を跨《また》いで、青木条右衛門は無二へと近づいてくる。

「その上でお願いがあります。弁助との決闘、思いとどまっていただきたい」

「ほお、この儂を諫《いさ》めるというのか」

青木条右衛門は、静かに頷いた。

「血が繋《つな》がっていないとはいえ、親子骨肉の争いを座して見るのははばかられます。その親子が、私の師と弟子であるならば、なおさらです」

青木条右衛門と無二は正対した
「弁助との決闘、思いとどまってください。我が命を賭《か》けて、弁助は説得いたします」

なぜか青木条右衛門の目は、泣いたかのように充血している。

自身の要望が受け入れられないことは、はなから悟っているのだろう。それを知りつつ、弟子として諫めているのだ。

「否、と答えればどうする」

青木条右衛門の腰がゆっくりと沈む。

「ならば、力ずくで、ふたりの決闘を阻むまで。僭越《せんえつ》ながら、このわたしめが無二先生と立ち合わせていただきます」

青木条右衛門は、腰にある長刀と古流十手の鞘を抜き払う。長刀を上段に、古流十手を下がり気味の中段に構えた。

「師の命に刃向かうというのか」

「拙者が受けた命は、弁助こと宮本武蔵を無二先生を超える剣士に育てること。犬畜生のように親子相克の果たし合いをさせろ、とは命じられておりませぬ」

青木条右衛門のこめかみに、太い血管が浮く。

「青木よ、貴様、武蔵と共に旅をして情にほだされたな」

「情ではありませぬ。武芸者としての矜持《きょうじ》でございます。柳生のように、活人剣などと綺麗《きれい》ごとを言うつもりはありませぬ。が、剣術とは敵を倒すためのもの。自身を守り生き永らえさせるための技です」

ひとつ息を吸って、一番弟子は間を取った。

「決して、自身や身内を殺し滅ぼすための技ではありませぬ」

青木条右衛門の眼光が、無二を射貫いた。

「悩み抜いた末の決断。問答無用で立ち合っていただく」

生温い息を、無二はゆっくりと長く吐き出す。

そうせねば、怒りで我を失いそうだった。

待ちに待った決闘を、よりにもよって最も忠実な弟子が邪魔しようというのだ。

青木条右衛門から送られた文の内容を思い出し、口ずさむ。

「武蔵の剣に情が混じる、だと」

自身でもわかるほど、殺気が過剰に籠もった問いかけだった。

「他ならぬ青木よ、貴様こそがその情にほだされておるのがわからぬか」

詰る言葉を塗りつぶしたのは、青木条右衛門の裂帛《れっぱく》の気合いだった。

長刀と十手が、夕焼けの空を斬り裂く。

無二は抜かない。

その必要がないからだ。

巨軀を捻《ひね》り、青木条右衛門の長刀を避ける。飛び散る汗が、夕陽を反射して眩《まぶ》しいと思う余裕さえあった。

間合いを詰めての渾身の十手の突きには、さすがに後ろへと飛んだ。

青木条右衛門の斬撃と刺突が、止まった。数個の墓石が、阻むように無二の背後を塞いでいる。

咆哮と共に、青木条右衛門が襲いかかる。

無二は長刀を手にとるが、鯉口《こいぐち》を切る暇はわずかになかった。

迫りくるのは、十手だった。手裏剣のように投げたのは、舟島での津田小次郎の戦い方を真似たものか。無二はそれを鞘のついたままの刀で弾《はじ》く。

その時には、青木条右衛門の刀の切っ先が無二に迫っていた。

無二は、怯《ひる》まない。

全て、予想の内だったからだ。

横に倒れ込むようにして剣先を避け、同時に腰を捻る。

切っ先が着衣をかすった。

構わずに手を伸ばして、摑む。武器ではなくて、青木条右衛門の頭蓋《ずがい》を。

無二の浅黒い掌に、爆《は》ぜるような衝撃が広がった。青木条右衛門の頭を墓石へとめりこませ、その鼻梁《びりょう》を粉砕したのだ。

クルスを象った墓の前で、青木条右衛門は踞《うずくま》っていた。両肩は大きく上下し、灰色の髭は真っ赤に染まっている。

「青木、貴様ごときに殺《や》られる腕なら、最初から武蔵を育てようとは思わぬ」

長刀を鞘走らせて、無二は頭上に振りかざした。

最初から覚悟の内だったのか、青木条右衛門は静かに目を閉じる。

無二が得物を握る手に力を入れようとした時だった。

視界の隅に、しみのような人影が映る。

西陽を背に受けて、ひとりの若武者がこちらへと近づいていた。

長い手足は野生の鹿のようだ。下肢を包むカルサンが風を受け、武蔵の腿《もも》の筋肉を浮かび上がらせる。

左の腨には、赤い布が巻きつけられていた。

落陽を背負うように歩いているので、顔の表情はわからない。かろうじて、こめかみに傷があるのが見えた。

目尻から雷が水平に発したかのような傷跡だ。地中に張る根が枝分かれするように、こめかみに傷が広がっている。

巌流小次郎との決闘でできたものだ。

剣の平で打たれると、稲光が放射するように皮膚が裂ける。わずか数日前の決闘ゆえ、完全には治癒していない。薄朱色の肉の上に、まばらに皮膚が再生されていた。激しく動けば、すぐに出血するはずだ。

「む、武蔵か」

呻いたのは、青木条右衛門だった。

無二は長刀を右手にだけ持ち変えて、首にかけていた古流十手を左手に握った。腕を振って、十手についていた鞘を落とす。

「青木よ、一番弟子として命じる」

武蔵に向き直りつつ、無二は言う。青木条右衛門が立ち上がろうとする音が聞こえた。

「儂と武蔵との決闘の見届け人となれ」

無二は歩き、一番弟子の呻き声を引き剝《は》がす。幅が広くなった道で待ち受けた。

武蔵は、剣の間合いの半歩手前で立ち止まる。

「父よ……いや、宮本無二よ」

低く抑えた声に、滴るような激情が隠されていることを悟り、無二の体が歓喜で震える。

「あなたに訊きたいことがある」

武蔵の問う声は、獣の唸りに似ていた。顔はいまだ影になっていたが、血管が脈打っているのは見えた。それは小次郎から受けたこめかみの傷を激しく震わせ、赤い血を潮の飛沫《しぶき》のように噴き出させる。

「武蔵よ、何が知りたいのだ」

無二は、心からの笑みを浮かべ、そう言った。

「何でも申してみよ。父が知っている限りのことを、全て教えよう」

老爺《ろうや》が孫に語るような優しい声だったことに、自身が少し驚いた。と同時に、腕が勝手に動く。武芸者としての本能が、武蔵を殺すために最善手を打たせる。

顔に投げつけられたものを、武蔵は避けることができなかった。

当然だ。それは音よりも疾《はや》い、光だったからだ。

武蔵の肩越しから射す夕陽に、無二は古流十手をかざしたのだ。

武蔵の顔を四つに分かつ光が刻まれた。

武蔵が目を瞑る。無二は狂声とともに地を蹴った。

武蔵の二刀はまだ腰にあり、両手は柄にさえ触れていない。

無二の体に染みついた本能が、武蔵を殺すための自己矛盾の一撃を生み出した。

右手の長刀を、無二は容赦なく武蔵へと打ち落とす。これ以上ないというほどの凄惨さで。

切っ先は、躊躇なく飛刀の間を越境した。

無二は後悔する。

こともあろうに、己を殺してくれる刺客を自身の手で殺めようとしているのだ。

だが、もう、切っ先を戻すことはできない。

武蔵の額にある縦一文字の刀傷に、刃が吸い込まれる……はずだった。

足場を失ったかのように、体が傾ぐ。

無二の剣が、突然消えたのだ。

長い五本の指と逞しい掌が、見えた。その横に、己の放った切っ先がある。

何も握っていない武蔵の左手が、襲い来る刀の横面を平手で打っていた。

凶器に引っ張られ、無二の体が武蔵の眼前にさらけ出される。

落ちるかのようにまっすぐ、武蔵の重心が沈む。すでに右手は腰にあり、刀を握っている。骨盤を捻るようにして、鯉口を切った。

抜刀と斬撃は、ひとつの所作の中に完成されていた。

握っていた長刀が地に落ちる。

すかさず第二の刀が光った。無二には、もはや刃の軌跡を追うことはできない。

ただ残光が、視界に焼きついただけだ。

硬い音が地から届く。

目を下にやると、長刀に寄り添うように無二の古流十手が転がっていた。

続いて、己の胴体を見た。

傷はない。

生死のやり取りをする場とは思えぬほど悠長な動きで、無二は目の前に両手をかざした。

あぁ、と情けない声が喉から漏れる。

左右の親指が半ば以上斬られ、ぶら下がっているではないか。

無二は、視線を掌から武蔵へと移す。

「あなたには、死さえも生温い」

無二は首を横に振る。武蔵が何を言っているのか、理解できない。丹精込めて育てた刺客が、ゆっくりとした動作で刀を鞘に納めるのを、ただ見ていた。

「刀を握れぬその指で、敗北を負って生きろ」

全身の関節が外れるかと思うほどの震えが、無二を襲う。奥歯が揺れて、火打石のように音を奏でる。

踵《きびす》を返す武蔵の姿を見て、無二の背が凍えた。

「い、いやだぁ」

叫ぶと、涎《よだれ》が口端から迸った。

「行かないでくれ」

無二は、武蔵の腰にしがみついた。腰紐を摑もうとしたが、親指が動かないので簡単にふりほどかれる。自分でも驚くほど脆《もろ》く、地面に叩《たた》きつけられた。

「なぜ、殺してくれぬ」

両頰を伝う液体を感じつつ叫ぶ。しかし、武蔵は歩みを止めない。

「待ってくれ」

両腕で足にしがみつくが、駄目だった。引きずられ、数歩で容易く振りほどかれる。

「武蔵、お願いだ。行かないでくれ。儂を殺してくれ」

去ろうとする武蔵に、無二は何度もむしゃぶりついた。足に腕に腰に、首に。砂が入っても構わずに、目と口を大きく開き、懇願する。

十数度目に抱きつこうとした時、つま先が石に当たった。クルスの形をした石が、急速に近づいてくる。衝撃とともに、血の香が鼻腔《びこう》の奥で爆ぜた。

硬い石に抱きつき、無二は泣く。

「お願いだっ、殺してくれ」

己の顔を墓石に打ちつけた。血と石の破片が散らばる。遠ざかる武蔵の足音を聞きつつ、無二は己の顔面を何度も折檻《せっかん》した。

「儂を殺してくれ。儂は死ぬことはできぬのだ。頼むから、殺してくれ。儂の罪を斬り刻んでくれ、弁助」

不意に、武蔵の足音が止まる。

顔を石から引き剝がした。

武蔵が立っている。

無二は、武蔵の表情を正視した。

こめかみから流れる血の飛沫が顔を汚し、赤い涙を流しているかのようだ。

武蔵は腰の刀を抜く。ゆっくりと顔の横に振り上げた。

介錯のための斬頭の構えだ。

無二は抱いていた墓石を解放し、武蔵に正対した。

両掌を、胸の前で合わせる。

感謝の言葉を述べようとしたが、震える唇では上手《うま》くいかない。

武蔵の切っ先が揺らめく。

最期の斬撃は、無音だった。

恐ろしくゆっくりと、切っ先が無二の首筋へ近づいてくる。
武蔵の全身の筋肉が躍動していることは、着衣の上からでもわかった。
はやく、と血の香がする叫び、否、願いを吐く。

――於青、もうすぐだ。

やがて、武蔵の刀は飛刀の間に入った。
ふと、武蔵の左足に目がいく。赤い布が外れ、竜が臑に絡みつくような痣があった。
武蔵の刀が夕光さえも反射しきれぬ疾さになったのを認めてから、無二はゆっくりと目を閉じる。

――外記様、於青、今、行きます。

首が断たれたのだろうか、胸の前のクルスが優しげに揺れる感触がした。

武蔵の絵

（一）

かつての吉岡憲法《よしおかけんぽう》こと、吉岡源左衛門《げんざえもん》の目の前には、朽ちた道場があった。腐りかけた看板があり、埃《ほこり》を盛大にかぶっている。指の折れた右掌《みぎてのひら》で拭《ぬぐ》うと、擦り切れた文字が現れた。

「吉岡道場」と、かろうじて読める。

吉岡源左衛門は、深いため息を零《こぼ》す。

今や、京吉岡の剣は絶えた。

宮本武蔵と対戦したのが、約二十年前のことだ。吉岡源左衛門の左腕は動かなくなり、父から受け継いだ憲法の名を下ろし、従弟《いとこ》と弟に後事を託した。が、ふたりは互いに憲法を名乗り、吉岡は二派に分かれる。

だけなら、よかった。

醜い内輪もめが終わったのは、それ以上に凄惨《せいさん》な事件があったからだ。従弟の清次郎《せいじろう》が、禁裏で開かれた能を見物した際に、刃傷騒動を起こしたのだ。警護の役人を何人も斬り殺し、力つき自身も死んでしまう。これを重くみた京都所司代は、京にある吉岡道場の全てを取り潰《つぶ》すことに決めた。

もう、十年以上も前の話である。

「ああ、やっぱり、ここにおられましたか」

背後から声がして、振り向いた。

大きな額と顎《あご》を持つ男は、京の堀川《ほりかわ》で吉岡源左衛門と共に染物業を営む吹太屋《すいたや》である。かつてと違い、顔には皺《しわ》が頭には白髪が増えている。無論、己も同様だ。

「堀川中を捜しましたぞ。お父上の月命日であることを、やっと思い出しました」

苦笑とも照れ笑いともつかぬ表情を、吹太屋は顔一杯に浮かべる。

吉岡源左衛門は剣を捨てた後、剣の弟子である吹太屋に逆に弟子入りし、染物の道に進んだ。以来、道場には足を向けていない。例外は、父の月命日だ。この時だけは、自然と足がかつての道場へと向かう。

「どうしたのだ。まだ、注文の憲法染めの期日には、余裕があったはずだが」

「いえ、そのことではありませぬ。実は、ある御仁の噂を聞きまして」

「ある御仁」

「はい」と言いつつ、吹太屋は顔を近づける。

「宮本武蔵《みやもとむさし》でございます」

吉岡源左衛門の心臓が大きく跳ねた。

古傷を負っている左腕も疼《うず》き、思わず顔をしかめる。

「武蔵か」と、呟《つぶや》いた。

「あの御仁、養子の伊織《いおり》とか申す者を、明石《あかし》の小笠原《おがさわら》家に仕官させたとか」

「懐かしい名だな。そうか、養子をとったのか」

できるだけ感情を乗せないように注意しつつ口にする。

宮本武蔵は、吉岡源左衛門との死闘の後江戸へ渡り、生死無用の立ち合いを続けたのは知っていた。柳生新陰流《やぎゅうしんかげ》の辻風《つじかぜ》、大瀬戸《おおせと》を殺し、己の弟子の幸坂甚太郎《こうさかじんたろう》さえも手にかける。さらに九州豊前《ぶぜん》に渡り、巌流津田小次郎《がんりゅうつだこじろう》という達人も葬った。どの立ち合いも、聞くこちらの背が凍るような凄惨な殺し方だった。

だが、巌流島の決闘以来、なぜか武蔵の音信は途絶える。人伝《ひとづて》には、津田小次郎との決闘後、父である無二《むに》のもとに匿《かくま》われたとも、あるいは無二とさえも生死無用の立ち合いを演じたとも聞くが、真実は定かではない。

指を折って、吉岡源左衛門は巌流島以来の星霜を数える。二十年以上もの時がたっていた。

「武蔵め、生きていたのか」

無意識のうちに、ひとりごちる。

武蔵の凄惨な戦いぶりを肌で知るだけに、どこかで骸《むくろ》をさらしていてもおかしくはないと思っていた。いかに武蔵とはいえ、数十人に囲まれれば命はない。

「その武蔵ですが、養子の伊織を仕官させた後は、明石を発《た》ったそうです。なんでも、九州の豊前小倉《こくら》へと渡ったとか」

豊前は、武蔵と小次郎の決闘の地がある場所だ。かつては舟島《ふなしま》と呼ばれていたが、今では巌流島と称されている。

奇妙な懐かしさと共に浮かんだのは、ある大樹の姿だ。かつて、武蔵が描いた絵である。濃淡さえない黒一色の巨大な枯れ木。生死無用の武蔵の立ち合いそのものの、昏《くら》い世界だ。盲《めし》いたかのように、色さえも否定する闇が広がって視《め》えた。

そう、かつて吉岡源左衛門は視ることができた。絵や茶器、あるいは人物の内面が、色となって立ち昇るのだ。

吉岡源左衛門は、顔を前に向ける。

廃墟《はいきょ》となった道場があった。京吉岡と呼ばれた剣の行き着く先が、まさかこのような光景とは。

かつての愛着ある道場が朽ちると共に、吉岡源左衛門は視ることができなくなっていた。

「そうそう、用事はそれだけではありませぬ。大坂《おおさか》のお得意様から注文が入りまして。大きな仕事ゆえに、ぜひお助け願いたいと思っているのです」

吹太屋に促されるままに歩き、堀川へと出た。色とりどりの染物が、はためいている。

その中で、一際異彩を放つのは、黒とも茶ともつかぬ布だ。

吉岡源左衛門が創案した、憲法黒である。かつては染みのように堀川の染物群の中にあったが、今では一角を大きく占めている。吉岡源左衛門や吹太屋が弟子をとり技を伝え、何人もが堀川沿いで独立するまでになった。

武蔵との立ち合いで生まれた色が、今や京の堀川を黒く染めている。

また、武蔵の絵が頭に浮かぶ。

――あの盲いた黒の先にあるものは、果たして何なのか。

目を瞑《つぶ》った。

――殺人刀《せつにんとう》の極みに、果たして色があるのか。

頭に浮かんだ考えに、吉岡源左衛門の体がぶるりと震えた。

再び、瞼《まぶた》を上げる。

なぜだろうか。己の渾身《こんしん》の創案である憲法黒の色が、くすんで見える。

(二)

吉岡源左衛門の旅装に、潮風が吹きつけていた。腰に二刀を差すのは、いつ以来だろうと手で撫《な》でる。

大坂の港には大勢の人がいて、そのうちの何人かは憲法染めの羽織を着ている。京だけでなく、大坂でも吉岡源左衛門の染物は評判だ。

「本当に行かれるのですか」

心配気に言ったのは、吹太屋だった。

「老いたりとはいえ、あの宮本武蔵ですよ。何をされるか、わかったものではありませぬ」

吹太屋は、広い額に脂汗を浮かべている。

吉岡源左衛門は九州にいる宮本武蔵に会うことを決意し、今、大坂の港にいるのだ。京を出るのは初めてのことで、肌を撫でる潮風が新鮮に感じられる。

「しかも、その理由が、武蔵の姿を見たい、ですと。正気の沙汰《さた》ではありませぬぞ」

言い募る吹太屋に、吉岡源左衛門は苦笑を返した。

「儂《わし》は、どうしても知りたいのだ。あの武蔵が、何を極めたかをな」

「それは、元剣士として知りたいということですか」

「それもある」

かもめが舞う空へ、目をやった。

元剣士としてだけではない。武蔵とは、立ち合う以前からも真剣勝負を演じていた。安楽庵策伝《あんらくあんさくでん》が催した名物の会で、武蔵は己の染めた小袖《こそで》を「人の心には残らぬ色だ」と断じた。

だけではない。武蔵の絵は、言葉以上の衝撃を吉岡源左衛門に与える。その後、吉岡源左衛門は武蔵と立ち合い、その時視た色から憲法黒を創案した。

「冗談じゃないですよ。あの男が極めたのは、殺人刀以外の何ものでもありませぬ」

吹太屋の声が、吉岡源左衛門の思考を断ち切った。

「その証《あかし》に、武蔵が殺した者の名を挙げてみましょうか」

吹太屋が指を折り始める。

鹿島新当流《かしましんとう》、有馬喜兵衛《ありまきへえ》。

クサリ鎌の達人、シシド。

柳生新陰流、大瀬戸と辻風。

弟子の幸坂甚太郎。

巌流、津田小次郎。

そして、一説には武蔵の父にして、十手当理流《じってとうり》の宮本無二。

「ご自身が、よくわかっておりましょう。この中に、源左衛門様の名があっても何の不思議もないことを」

確かに、そうだ。吉岡源左衛門は武蔵と戦い負けはしたが、好運にも一命はとりとめた。

「それをのこのこと現れれば、殺し損ねた過去を思い出し……」

吹太屋は顔を青ざめさせる。

「だからこそよ。殺され損ねた儂は、武蔵の殺人刀の極みを見届ける責がある」

生死のやり取りは終わったが、道を極める者同士の戦いは続いているのではないか。

「武蔵と戦うことで、新しい色を創ることができた。己の憲法黒には、武蔵の血というべきものが確かに流れている」

吹太屋の目は険しくはなったが、否定はしなかった。

「武蔵のなれの果てを見ることは、ある意味で憲法黒の未来を見ることと同義ではないのか」

吹太屋は、深々とため息をついた。

「どうやら、止めても無駄のようですな」

「見送りは恩に着る。それも、わざわざ大坂まで」

「とんでもない。大坂で商談があったから、ついでに港まで来ただけです」

吹太屋はそっぽを向く。

やがて、舟に板が渡され、乗船が始まる。吉岡源左衛門は荷を背負い、慎重に渡った。従者はあえて連れていかない。武蔵との面会が、尋常なもので終わるはずはない。そんな不穏な予感があったからだ。己の酔狂に、弟子を巻き込むわけにはいかない。

水夫《かこ》たちの勇ましげな掛け声がして、舟が陸から引き剝《は》がされる。

吹太屋が、こちらを凝視していることに気づいた。

「くれぐれも、ご無事で」

老いた喉《のど》から迸《ほとばし》った声は、確かに吉岡源左衛門に届いた。

染物の弟子として、深々と頭を下げる。ぐらりと舟が揺れた。帆が、風をはらむ音も聞こえてくる。

顔を上げた時には、もう吹太屋の姿は豆粒ほどの大きさになっていた。

（三）

田畑が続く道を、吉岡源左衛門は歩いていた。もうすぐ、山が見えてくる。武蔵の居所はすぐにわかった。豊前の山中に庵《いおり》を建てて、修行を続けているという。

舟を下りたばかりの頃は、揺れているように感じた頼りない地面も、やっと堅牢《けんろう》さを取り戻してくれたようだ。この調子ならば、昼前には目的の地へとつきそうである。

心に余裕ができると、風景にも目が行く。左手に海を、右手に山を見つつ進む。道々では、漁師や農夫たちがのんびりと働いていた。ふと、吉岡源左衛門は足を緩める。

ひとりの老人の姿に、目が惹《ひ》きつけられたからだ。手足は長いが、痩《や》せている。乾いた浅黒い肌もあいまって、枯れ木のようだ。手ぬぐいを首に巻いて、黒い何かを大切そうに抱いている。

赤子だろうか。

吉岡源左衛門は、目を細める。

懐に抱かれているのは、黒猫だった。羽ばたくように耳を動かす黒猫に、老夫は皺だらけの大きな顔を近づける。そして、何事かを囁《ささや》きかけていた。

「強くなれ」と、聞こえたような気がした。

吉岡源左衛門は、足を止める。

「儂を超える武芸者に育つのじゃ」

明らかに、猫に語る言葉ではない。

あの老夫は、気がふれてしまっているのだ。

よく見れば、体のあちこちに傷があった。灰色の太い体毛を割るかのようだ。きっと、昔は古兵《ふるつわもの》として鳴らした男なのだろう。

痒《かゆ》いのか、手ぬぐいの上からしきりに首を掻《か》いている。

すぐに目を引き剝がしたのは、特段に珍しい光景ではなかったからだ。大坂の陣で徳川《とくがわ》が勝利し、乱世は終わった。だが訪れた泰平は、皮肉にも何人もの武芸者たちの心を蝕《むしば》んだ。

成り上がる手段を失った古兵たちは心を病み、幽鬼のように京大坂を彷徨《さまよ》っている。その姿は、ここ豊前の片田舎でも変わらない。

なぜか、気になって振り向く。

首に手ぬぐいを巻いた老夫は、まだ黒猫をあやし続けている。

――あるいは、あれが武蔵か。

吉岡源左衛門の唇をこじ開けたのは、失笑だった。

いくら武蔵が歳を重ねたといっても、あの老夫ほどであるはずがない。

ずれた荷を背負い直し、吉岡源左衛門は歩みを再開した。

（四）

やがて庵が見えてきた。

低い生け垣で囲まれ、庭の様子もわかる。半ば山に没するようで、奥の方は山肌に生け垣が吸い込まれていた。海に近い山なので、吉岡源左衛門の背後からは潮と土の香がする風が吹き抜ける。首を捻《ひね》れば木々の隙間から、海が見えるかもしれない。

十人近い若者たちが、二本の木刀を勇ましげに振っている。吉岡源左衛門が門へ近づくと、すかさず弟子のひとりが気づいた。汗を拭いつつ、門へとやってくる。

「失礼ですが、宮本武蔵殿はご在宅か」

訪《おとな》いを告げると、怪訝《けげん》そうな目で睨《にら》まれた。護身用に腰に差していた吉岡源左衛門の二本の刀を、弟子は注意深く見ている。あるいは、道場破りと思われたのかもしれない。

「昔、お会いしたことがある者です。お取り次ぎを願えまいか」

弟子の視線が全身を這《は》う。折れた左腕と曲がった右手の指は、特に凝視された。

「あの、怪しい者ではありませぬ。確かに、昔は武蔵殿と……」

「申し訳ありませぬ」

弟子の言葉が遮る。

「武蔵先生は、不在です。旅に出ておられます」

「旅」と、呟く。

弟子は頷《うなず》いた。

いつのまにか、稽古《けいこ》をしていた門弟たちが、庵への道を塞《ふさ》ぐように立ちはだかっている。何人かは、露骨に敵意を滲《にじ》ませていた。

「では、いつごろ戻られるのでしょうか」

弟子の目がさらに険しくなる。

「いつ戻ってくるか、どこに旅立ったか、それらのことは口外するなと、きつく言われておりまする」

「し、しかし」

目に警戒の色を貯めたまま、慇懃《いんぎん》に若者は言葉を継いだ。

「泰平とはいえ……否、だからこそでしょうな。武蔵先生と立ち合い、名を上げんと欲する輩《やから》も多うございます。ご理解をいただきたい」

眼光を強めて、弟子は固い口調で言い切る。

吉岡源左衛門は、不思議な感情に襲われた。

失望とも、安堵《あんど》ともつかない。それらが入り交じり、心に紋様を描くかのようだ。

――これで、よかったのかもしれない。

殺人刀のなれの果てなど、目にしない方がよいのだ。

吉岡源左衛門は一礼して、踵《きびす》を返す。

「見ろ、すごすごと帰るぞ。我らに恐れをなしたのか」

「どうせ、大した武芸者でもあるまい」

「まあ、返り討ちにされない分、賢い決断じゃ」

弟子の声に足を止めようとしたが、やめた。

己が武芸者らしい空気をまとっていたことに驚き、自省する。まだまだ、染物の修業が足りん、と呟きつつ後にする。

「待たれよ」

見えぬ手で足を摑《つか》まれたかと錯覚した。

聞き覚えがある声だ。吉岡源左衛門は確かにこの声の主と出会い、だけでなく刃《やいば》を交え戦っている。

体が、かすかに震え出す。

「そなたは、吉岡殿ではないか」

弟子たちのざわめきも聞こえてきた。

「後ろ姿だが、わかるぞ。そなた、吉岡源左衛門殿だろう」

ゆっくりと、否、恐る恐る、吉岡源左衛門は振り向いた。

若い弟子たちが首を捻り、声がする方を見ている。庵から誰かが出てきたのか、人垣の隙間から人影がちらりと見えた。

「やはりだ。間違いない。そなたは、吉岡憲法こと、吉岡源左衛門殿ではないか」

「け、憲法ですと。まさか、あの京吉岡の……」

弟子たちが、一斉に声を上げた。たちまち、人垣が割れて、庵への道ができる。

ひとりの老年の武芸者が立っていた。

「武蔵殿か」

言ってから、違うと思った。

　この声は武蔵ではない。武蔵一行と行動を共にしていた、ある男の声だ。かつて灰色だった口髭《ひげ》は、真っ白になってしまっている。腰には、刀と十字槍《やり》の穂先のような、古流十手があった。

「ははは、武蔵ではない。儂だよ。まさか、覚えていないのか」

　男は、耳に手をやった。そこには欠けた耳たぶがある。

　忘れるはずがない。武蔵と立ち合う前に、この男と吉岡源左衛門は戦っている。そして、耳たぶを斬り落とした。

　青木条右衛門《あおきじようえもん》――武蔵の兄弟子にして、父宮本無二の一番弟子である。

「懐かしいなぁ、源左衛門殿。さあ、入られよ。遠慮は無用ぞ」

　弟子を通り過ぎ、門を越え、青木条右衛門が近づいてくる。

「青木殿、よいのか」

「無論じゃ。どうして遠慮する」

「いや、青木殿、変わったな」

　目を空へやって考えた後、青木条右衛門は笑った。

「だろうな。こうみえても、儂ももう弟子を持つ身だ。鉄人《てつじん》という十手の流派を立ち上げての。昔のようなままでは、この泰平の世で弟子など集まらんのだ」

そう言いつつも、青木条右衛門を遠巻きにする弟子たちの様子から、かつてのように恐れられていることが察せられた。

「さあ、こんなところで立ち話もなんだ。入ってくれ」

親しげに肩を抱かれ、誘《いざな》われた。戸惑う弟子たちの視線を浴びながら、吉岡源左衛門は庵の中へと足を踏み入れる。

(五)

「実はな、武蔵は旅に出たのだ」

一室で向かい合った青木条右衛門は、申し訳なさそうに頭を掻いている。弟子のひとりが、茶を持ってきた。退室するのを待ってから、吉岡源左衛門は口を開く。

「旅とは、武者修行の旅か」

青木条右衛門の顔に影がさす。

「いや、違う。回向《えこう》の旅じゃ」

「回向？　どなたか武蔵殿の身内が、亡くなられたのか」

なぜか、道端で出会った気がふれた老夫の姿を思い出した。

「ああ、実はな、武蔵の子が亡くなったのよ。まだ、生まれたばかりの赤子であった。不憫《ふびん》なことじゃ」

「武蔵殿の子。それは、養子ということか」

青木条右衛門は首を横に振る。

「ということは、武蔵殿の実子」

青木条右衛門は重々しく頷いた。

「で、では、武蔵殿は妻《めと》を娶られたということか」

思わず身を乗り出してしまった。

武道にその身を捧《ささ》げるため、宮本武蔵が女人を遠ざけていると噂では聞いていた。

過去に立ち合った時も、確かにそんな雰囲気があった。

「信じられぬのも無理はない。源左衛門殿と出会った頃の武蔵なら、生涯伴侶《はんりょ》を娶らなかったはずだ」

「なぜ、武蔵殿は変わったのだ。一体、何があったのじゃ」

「巌流小次郎との決闘よ。色々と因縁があった。いや、決闘後にも、と言うべきかな」

青木条右衛門は、言葉を濁す。

吉岡源左衛門も、巌流島の決闘にまつわる不穏な噂は聞いている。

巌流津田小次郎との決闘後、武蔵の一味が息を吹き返した小次郎を殺したこと。小次郎の弟子の復讐《ふくしゅう》を恐れた武蔵が、細川《ほそかわ》藩家老の手の者によって守られ、豊後《ぶんご》にいる父無二のもとへ送られたこと。

そして信じ難いことだが、そこで無二と武蔵が生死無用の果たし合いをしたこと。

「それは、父無二殿との因縁ということか」

吉岡源左衛門の問いに、青木条右衛門の顔が硬くなった。

「儂は無二様の弟子ゆえ、因縁の何たるかは口が裂けても言えん。教えられるのは、武蔵は変わったということだ。女を遠ざけることをしなくなったのも、小さいことだがその一例だろうな」

湯飲みを手にやり、青木条右衛門は言葉を継ぐ。

「儂の口から、詳しい話を語るのも無粋であろう。二、三日もすれば、武蔵は帰ってくる。積もる話は、それからでよい。きっと、武蔵も喜ぶだろう」

青木条右衛門は一口茶を含んでから、手を叩《たた》いた。襖《ふすま》が割れ、平伏した弟子が現れる。

「お客人は武蔵が帰ってくるまで、こちらにご滞在じゃ。用意を整えておけ」

「は、承知しました」

心地よい返事とは対照的に、弟子は上目遣いで何度も吉岡源左衛門を盗み見る。

「いいか、扶桑第一と言われた吉岡憲法殿に、万に一つも粗相があってはならぬぞ」

憲法の名を聞いて、弟子の体が一気に強張《こわば》った。

「こ、こ、心得ております る」

弟子は慌てて襖を閉める。しばらくもしないうちに、囁き声が漏れ聞こえてきた。

「やはり、間違いない。あの吉岡憲法殿らしい」

「あのお方が、武蔵先生と互角の勝負をしたのか」

「どうしよう、儂は門前払いをしようとしてしまった。何という無礼を働いたのか」

青木条右衛門が、意地の悪い視線を寄越《よこ》す。憲法の名はまだ健在だな、と無言でからかう。吉岡源左衛門は頭を掻いて、恐縮するしかない。

「そうだ、ただ待つのも退屈だろう」

青木条右衛門は、何かを思いついたようだ。

「源左衛門殿、ついてこられよ」

返答を待たずに、立ち上がる。かつて立ち合いを挑まれた時も、同じように問答無用だったことを思い出す。こういうところは変わっていないようだ。

「退屈しのぎに、武蔵の描いた絵でもご覧にいれよう。源左衛門殿は今、染物を生業《なりわい》にしていると聞いた。絵と染物は切っても切れぬ間柄だろう。目の肥やしにしてくれ」

弟子が消えた襖を勢い良く開けた。廊下では、まだ数人の男たちが頭を寄せあい話し込んでいる。

「ええい、どけどけ。無駄話している暇があれば、剣でも振らぬか」

若者たちを追い払い、青木条右衛門は勝手に先導していく。

（六）

廊下を渡り、吉岡源左衛門は別室へと案内された。

「次の間に、武蔵が描いた絵がある」

吉岡源左衛門は襖に目をやった。

かつて、武蔵が描いた絵を思い出す。

生死を連想させる白と黒しかない世界。盲いた闇を立ち昇らせる大樹。

吉岡源左衛門は身構えるように、全身に力を込めた。一体、あの絵がどう変わったのか。

青木条右衛門が襖に手をやった。

「さあ」と言って、開け放つ。

床の間のある部屋だった。

一幅の水墨画が掛けられている。差し込む光が明暗の差をつくり、よく見えない。

ゆっくりと、吉岡源左衛門は足を踏み入れた。

思わず、嘆声を上げてしまった。

飛ぶ一羽の雁《がん》が描かれている。大胆にとった余白を挟んで、葦原《あしはら》が茂っていた。

葦原のまばらな様子から画面の外に水面があるのがわかる。右へと泳ぐように飛ぶ雁は首を反対の左に向けていた。外に広がる水面に、仲間の雁でも見つけたのだろうか。

吉岡源左衛門の五体が震え出す。

「これは」

まろぶように、数歩前へ進んだ。

やはり、武蔵の絵は黒一色だった。

しかし、かつてと違う。

黒には、濃淡があったのだ。

雁の羽や背の美しくも柔らかい毛並みが、墨の濃淡で立ち上がってくる。葦原の下に広がる水の深浅が、手にとるようにわかる。

水の青さ、空の蒼《あお》さ、草木の碧《あお》さ。

吉岡源左衛門の視界を、次々と武蔵の絵が色づけはじめた。

いや、それだけではない。画の外にいるであろう仲間に向けた雁の瞳《ひとみ》から、鳴き声や草木の揺れる音、さざ波さえも聞こえてきた。

「見事だ」

吉岡源左衛門は立ち尽くす。

武蔵は色を使うことなく、墨の濃淡だけで多彩な色を生み出したのだ。

「見事だ。武蔵」

先程より、大きく口走ってしまった。

一切の色を否定したはずの、かつての武蔵の絵はどこにもない。

有限の床の間を、無限に変えている。

どんな顔料や染料を使っても表現しえぬ色が、目の前の世界を彩る。

視界が滲み出す。慌てて、腕で目頭を擦《こす》った。しかし、脳裏に残る武蔵の絵は、さらに光沢を増す。

「よくぞ、よくぞ、あの凄惨な立ち合いの果てに、よくぞ、この境地に達した」

いつのまにか、吉岡源左衛門は両膝《ひざ》をついていた。

「人のことは言えぬが、武蔵は変わった」

青木条右衛門の声がして、横を向く。同様に膝をつき、目の高さをあわせてくれていた。

「武蔵が変われたから、儂も変われたのかもしれん」

青木条右衛門は手を鼻へやった。傷が走り、鼻梁《びりょう》も少し曲がっていることに気づく。最初に出会った時にはなかったものだ。大きな岩にでもぶつけたかのようである。

少し顔を顰《しか》めつつ、吉岡源左衛門にやっていた目を床の間へやった。

「でなければ、今頃はこんなものではすまなかったよ」

青木条右衛門は欠けた耳たぶにも指を触れた。

「きっと、どこかで骸を晒《さら》していたはずだ」

青木条右衛門が瞼を閉じた。吉岡源左衛門も目を瞑る。

窓を開けてもいないのに、風が吹き抜けたような気がした。水のせせらぎ、鳥が羽ばたく音がかすかに聞こえてくる。

（七）

「本当にいいのか。武蔵は数日もすれば帰ってくるのだぞ」

残照を浴びる庵の門の前で、名残惜しそうに口にしたのは青木条右衛門だ。

「心遣いは痛み入る。武蔵殿の絵を見ることができた。あれで十分だ。墨遣いで、武蔵殿の剣がどんな境地にあるのかはわかった」

青木条右衛門は、まだ未練がありそうだった。

「実はな、染物の師からの仕事を断って来ていたのだ。早く帰って、手伝いたい」

偽らざる気持ちだった。一刻も早く京へ帰り、染物をしたい。あの絵に負けぬ、新しい色を生み出したい。武蔵の絵を見た吉岡源左衛門の心底から湧き上がってくる衝動だ。今、その渇望には、抗《あらが》い難い。

「それよりも」

吉岡源左衛門が、荷の中からあるものを取り出す。

「これを武蔵殿に渡してくれんか」

取り出したのは、一着の小袖だった。黒とも茶ともつかぬ深い色で彩色されている。

「儂が染めた小袖だ。憲法黒という色だ。これを渡せば儂がどんな境地にあるか、武蔵殿もわかってくれるはずだ」

青木条右衛門は小袖を受け取った。

「互いに、剣を交わらせた仲、百万語を費やすよりも雄弁に、武蔵殿に届くはずだ」

青木条右衛門は訝《いぶか》しげな目で見る。

「そういうものなのか。儂も源左衛門殿と剣を交わらせたが、さっぱりわからぬがな」

ふたりは仲良く苦笑を零した。

「では」

「うむ、達者でな」

庵に背を向けて、吉岡源左衛門は山を下りる。西日が優しく照らす道を歩く。

眼前には、農夫たちの姿が赤く浮かび上がっていた。地面に長い影を引いている。振り下ろす鍬《くわ》にあわせるように、足を進める。さらにずっと先には浜辺があり、漁師が網を畳んでいた。

道端に、黒猫をあやす老夫がいるのをまた見つけた。何事かを、小さな獣に語りかけている。

「弁助《べんのすけ》よ」

老夫の声に、思わず吉岡源左衛門は足を止めた。

弁助という名前に聞き覚えがある。吉岡源左衛門と因縁の深い、誰かの幼名だったような気がする。しかし、それが誰かは思い出せない。

老夫をゆっくりと凝視した。白い手ぬぐいを首に巻いて、赤子を抱くようにして黒猫を包み込んでいる。

「弁助よ、強く育て。お主は誰よりも強くなって、儂を殺すのだ」

「殺すだと」

思わず復唱してしまった。

いかに狂っているとはいえ、己を殺せとは、どういう了見だろうか。

「本位田外記《ほんいでんげき》の血を引く弁助なら、きっとそれを成せるはずじゃ」

ゆっくりと老夫は猫を撫でる。その時、気づいた。男の両手の親指に傷があることに。骨と腱《けん》を断たれ、動かぬようになっている。

どういう経緯《いきさつ》でかは知らぬが、この男は本位田外記の子である弁助を育てることになったのだろう。それも、己自身を殺す刺客とするために。

吉岡源左衛門の戸惑いを無視して、老夫は言葉を継ぐ。

「弁助よ、儂を救ってくれ。育ての父である儂を殺すことで、この苦しみから解き放ってくれ」

風が吹いて、老夫の首に巻いていた手ぬぐいが外れた。

吉岡源左衛門は目を見開く。

老夫の首に、傷があったからだ。

尋常の傷ではない。稲光が走ったかのように、いくつも枝分かれしていた。

刀の刃や峰で打っても、ああいう傷はできない。

剣の平で打って、初めて成せる業だ。

傷の大きさと角度から、いかにして打ち込まれたかが容易に想像できた。

全力で水平に薙《な》がれた刀は、最初は刃を首に向けていたはずだ。完全なる断頭の一太刀である。剣の平を向けて振れば、切っ先が鈍くなり、大きく皮膚は裂けない。

あれほどの傷をつけようと思えば……。

ごくりと唾《つば》を飲んだ。

飛刀の間《ま》しかない。

切っ先が飛刀の間を超えてから、剣を返し平で打ったのだ。

では、誰が。

「弁助よ、頼むぞ。強き剣士となり、儂を殺してくれ」

考えられるのは、この男が育てた弁助だ。男の望み通りに強く育ち、男を殺す刺客となった。そして、弁助は男に断頭の一太刀を振りかざす。しかし、理由はわからぬが、首を斬る寸前に弁助は刀を返した。

しかも、飛刀の間を制してだ。

そんなことを成せるのは……。

首を捻り、武蔵の庵のある山を見た。

夕陽を受けて、真っ赤に輝いている。

——あるいは、あの男ならば……。

そこまで考えて、目を前へと向けた。

老夫を再び凝視する。

「弁助よ、日ノ本一の剣士となれ。儂は無論のこと、外記さえも超える男になれ」

老夫は両手で黒猫を掲げようとしたが、無理だった。

身を捩《よじ》らせて、小さな獣が逃げたからだ。

ひとつ、ふたつと跳ねて、吉岡源左衛門の足元へと黒猫が躍り出た。

こちらに向かって口を開き、ニャアと鳴く。

「弁助よ」

黒猫に語りかけたのは、吉岡源左衛門だった。

だが、その先が続かない。

語りたいことは万語あれど、口からはそれ以上の言葉は出てこない。

見ると、黒猫は左脚の先だけが白かった。

猫は前脚を舐《な》めて、顔に擦りつけている。しばし、吉岡源左衛門が何事かを言うのを待ってくれていた。だが、やがてそれも飽きたようだ。

尻《しり》を向ける。尻尾《しっぽ》を振って、悠々と立ち去る。

吉岡源左衛門は腕を上げて、呼び止めようとした。だが、やめる。

ゆっくりと手を下ろす。

「弁助、達者でな」

黒猫に語りかけるが、振り返らない。

尻尾が長い影となって、吉岡憲法のつま先を撫でた。

参考文献

『宮本武蔵事典』加来耕三著（東京堂出版）
『決定版　宮本武蔵全書』松延市次、松井健二監修（弓立社）
『定説の誤りを正す　宮本武蔵正伝』森田栄著（体育とスポーツ出版社）
『図説　宮本武蔵の実像』（新人物往来社）
『宮本武蔵研究論文集』福田正秀著（歴研）
『歴史読本：特集　武蔵と小次郎』（新人物往来社）
『熊本三館共同企画・宮本武蔵展図録』（熊本三館共同企画・宮本武蔵展実行委員会）

取材協力（敬称略）

染司よしおか五代目当主　吉岡幸雄
妙心寺退蔵院副住職　松山大耕
八大神社宮司　竹内紀雄

大阪修武会代表　太田淳一

※巌流島での決闘の津田（佐々木）小次郎の二刀流の記述は、『兵法大祖武州玄信公伝来』を著者なりに解釈したものです。

解説

本郷《ほんごう》 和人《かずと》

木下昌輝《きのしたまさき》は奇想の人である。おお！　そういう解釈で来るかとか、なるほどこのオチは秀逸だ！　など、読者をあっといわせる仕掛けを設《しつら》えることにかけては、現代の時代小説家中の随一であろう。

本書は江戸時代初めに生きた剣豪、宮本武蔵《みやもとむさし》をあつかう。もちろん、武蔵の生涯を普通にたどっていくのではない。何人かの強敵の視点から、敵としての武蔵を描く。有馬喜兵衛《ありまきへえ》に始まり、吉岡源左衛門《よしおかげんざえもん》（憲法《けんぽう》）、津田《つだ》（佐々木《ささき》）小次郎《こじろう》、そして父たる宮本無二《むに》。

宮本武蔵は今でこそ言及されることが少なくなったが、30年くらい前まではスーパー・ヒーローだった。それは国民的作家ともいうべき吉川英治の『宮本武蔵』が広く読まれ、社会に浸透していたためである。木下は和歌の技法である「本歌取り」よろしく、「吉川・武蔵」を巧妙に下敷きにし、全く新しい武蔵のイメージを創作していく。

「吉川・武蔵」に多くのフィクションが盛り込まれていることは、周知の事実である（吉川『小説のタネ』。青空文庫で閲覧可）。では武蔵の実像を知るための良質な史料は何かというと、まずは武蔵没後9年目の承応3年（1654年）に、武蔵の養子の伊織《いおり》が小倉郊外《こくら》に建てた、いわゆる『小倉碑文』である。それは一千百余文字の漢字をもって武蔵の一生を述べていて、これを元ネタとしていくつかの武蔵の伝記が江戸時代に書かれている。

宮本伊織は小倉の小笠原《おがさわら》家15万石に仕えた武士であるが、相当に優れた人物だったらしく、一代で4000石の知行を取る筆頭家老にまで昇進した。彼が語る養父の事績は相当に信頼できるだろうと思われるが、武蔵の父・無二については言及がやや曖昧《あいまい》である。たとえば『小倉碑文』の1年前に記された『泊神社棟札《とまりじんじゃむねふだ》』では、無二は天正年間に秋月城で亡くなったとしている。だが、他の良質な史料によれば、無二はそのずっと後まで生きているようだ。

宮本無二は本書の真の主人公ともいうべき人なので、少しこだわって見ていこう。細川《ほそかわ》家の重臣、沼田《ぬまた》氏のことを記録した『沼田家記』という史料（永青文庫所蔵）がある。細川幽斎《ゆうさい》の正室・麝香《じゃこう》（忠興《ただおき》の母でもある）はこの家の出身で、忠興が小倉の藩主であったとき、沼田氏は門司《もじ》城を預かっていた。そのとき、武蔵・小次郎の巌流島《がんりゅうじま》の決闘があったのだ。

『沼田家記』はいう。武蔵と小次郎は細川家の城下町・小倉で「兵法の師」をしていた。ある年（慶長17年・1612年ごろと思われる）、双方の弟子たちがどちらの師が優れているかと言い争いになり、そのため二人は関門《かんもん》海峡の「ひく嶋」（彦《ひこ》島《しま》か）で一対一の試合をすることになる。立ち合いに勝利したのは武蔵で、小次郎は撃ち殺されたかに見えたものの暫《しばら》くして蘇生した。ところが武蔵方は一対一という約束に反して数人の弟子を島に送り込んでおり、小次郎は彼らによって撲殺されてしまったのである。

小倉にいた小次郎の弟子たちは事の実相（いや死人に口なしで、本当のところは分からない。もしかしたら初めから、武蔵を含む多人数で小次郎を取り囲み、殺害した可能性もある）を知るや、武蔵を討ち果たせと「大勢」で押し寄せた。武蔵はたまらず門司城に逃げ込み、城代の沼田延元《のぶもと》に身柄の保護を懇願した。延元は鉄砲衆の護衛まで付けて、豊後《ぶんご》の「武蔵親・無二」のもとに送り届けた。

ここで無二が登場する。当時、彼は木下延俊《きのしたのぶとし》という大名に仕えていた（『木下延俊慶長（十八年）日記』）。延俊は豊臣秀吉の正室・北政所の甥で、豊後・日出《ひじ》藩主を務めていた。その妻は細川幽斎の娘で、義兄忠興との交友は深く、両家の間柄はきわめて緊密であった。こう見ていくと、武蔵を豊後へ逃がした、という『沼田家記』の記述はさもありなんと理解できる。

『小倉碑文』にはこのように書かれている。武蔵の父の新免《しんめん》無二は十手の名手であった。武蔵は父に倣い、研鑽《けんさん》を積んでいるうちに考えた。十手の利は一刀に倍する。だが、武士にとって十手はあくまでも非日常の武器である。一方で二刀ならば、これは武士が常に帯びているものだ。ならば二刀を十手のように使えば良いではないか。そこで十手を改めて、二刀流を興したのだ。

　また、次の記述もある。京都の吉岡家は代々室町将軍家の師範を務め、日本一の兵術者といわれた。足利義昭《あしかがよしあき》は新免無二を召して、吉岡と戦わせた。三度の勝負であったが、まず吉岡が勝利し、そのあと無二が両度の勝ちを得た。このため新免無二には「日下無双兵法術者《ひのしたむそうひょうほうじゅつしゃ》」の号が与えられた。武蔵が京都に赴いて吉岡一門と戦ったのには、こうした因縁があったのだ。

　こうなってくると、どこまでが真実で、どこからが伝説の類《たぐ》いなのか、まるで分からなくなってくる。先の巌流島の決闘の一幕も、私たちの武蔵のイメージとはまるで異なるものであるし。だが、こうした混迷した記録をふまえて物語を生み出すところに、小説の妙味があるのだと思う。

歴史学は史実を解明しようと努力を重ねる。小説は史実の拘束を捨て去り、より興味深い物語を紡いでいく。この点で創作を大量に導入した吉川英治は正しいし、その「吉川・武蔵」をも凌駕《りょうが》しようとする本書は、実に意欲的な一作といえる。

事実は小説よりも奇なり、という。たしかに史実はまことにしたたかで、へたなフィクションよりもはるかに面白い。だからこそ、その史実を超える奇想を構想できる木下の出番なのだ。

卓越したストーリーテラーたる彼は、快刀乱麻を断つが如くに、錯綜《さくそう》した史実を切り裂いて、骨太な物語を生み出していく。その切り口から見えるもの。それは宮本無二であり、宮本武蔵その人である。あの時代を生きた、人間がそこに描き出されているのだ。

本書は、二〇一七年二月に小社より刊行された単行本を加筆・修正の上、文庫化したものです。

敵《てき》の名《な》は、宮《みや》本《もと》武《む》蔵《さし》

木下《きのした》昌輝《まさき》

令和2年 2月25日 初版発行
令和5年 12月25日 再版発行

発行者●山下直久

発行●株式会社KADOKAWA
〒102-8177 東京都千代田区富士見2-13-3
電話 0570-002-301(ナビダイヤル)

角川文庫 22050

印刷所●株式会社KADOKAWA
製本所●株式会社KADOKAWA

表紙画●和田三造

●お問い合わせ
https://www.kadokawa.co.jp/ (「お問い合わせ」へお進みください)
※内容によっては、お答えできない場合があります。
※サポートは日本国内のみとさせていただきます。
※Japanese text only

ISBN 978-4-04-109020-6 C0193

角川文庫発刊に際して

角川源義

第二次世界大戦の敗北は、軍事力の敗北であった以上に、私たちの若い文化力の敗退であった。私たちの文化が戦争に対して如何に無力であり、単なるあだ花に過ぎなかったかを、私たちは身を以て体験し痛感した。西洋近代文化の摂取にとって、明治以後八十年の歳月は決して短かすぎたとは言えない。にもかかわらず、近代文化の伝統を確立し、自由な批判と柔軟な良識に富む文化層として自らを形成することに私たちは失敗して来た。そしてこれは、各層への文化の普及滲透を任務とする出版人の責任でもあった。

一九四五年以来、私たちは再び振出しに戻り、第一歩から踏み出すことを余儀なくされた。これは大きな不幸ではあるが、反面、これまでの混沌・未熟・歪曲の中にあった我が国の文化に秩序と確たる基礎を齎らすためには絶好の機会でもある。角川書店は、このような祖国の文化的危機にあたり、微力をも顧みず再建の礎石たるべき抱負と決意とをもって出発したが、ここに創立以来の念願を果すべく角川文庫を発刊する。これまで刊行されたあらゆる全集叢書文庫類の長所と短所とを検討し、古今東西の不朽の典籍を、良心的編集のもとに、廉価に、そして書架にふさわしい美本として、多くのひとびとに提供しようとする。しかし私たちは徒らに百科全書的な知識のジレッタントを作ることを目的とせず、あくまで祖国の文化に秩序と再建への道を示し、この文庫を角川書店の栄ある事業として、今後永久に継続発展せしめ、学芸と教養との殿堂として大成せんことを期したい。多くの読書子の愛情ある忠言と支持とによって、この希望と抱負とを完遂せしめられんことを願う。

一九四九年五月三日

角川文庫ベストセラー

英雄にっぽん　池波正太郎

戦国の怪男児山中鹿之介。十六歳の折、出雲の主家尼子氏と伯耆の行松氏との合戦に加わり、敵の猛将を討ちとって勇名は諸国に轟いた。悲運の武将の波乱の生涯と人間像を描く戦国ドラマ。

夜の戦士(上)(下)　池波正太郎

塚原卜伝の指南を受けた青年忍者丸子笹之助は、武田信玄に仕官した。信玄暗殺の密命を受けていた。だが信玄の器量と人格に心服した笹之助は、信玄のために身命を賭そうと心に誓う。

仇討ち　池波正太郎

夏目半介は四十八歳になっていた。父の仇笠原孫七郎を追って三十年。今は娼家のお君に溺れる日々……仇討ちの非人間性とそれに翻弄される人間の運命を鮮やかに浮き彫りにする。

江戸の暗黒街　池波正太郎

小平次は恐ろしい力で首をしめあげ、すばやく短刀で心の臓を一突きに刺し通した。男は江戸の暗黒街でならす闇の殺し屋だったが……江戸の闇に生きる男女の哀しい運命のあやを描いた傑作集。

炎の武士　池波正太郎

戦国の世、各地に群雄が割拠し天下をとろうと争っていた。三河の国長篠城は武田勝頼の軍勢一万七千に包囲され、ありの這い出るすきもなかった……悲劇の武士の劇的な生きざまを描く。

角川文庫ベストセラー

男のリズム　池波正太郎

東京下町に生まれ育ち、仕事に旅に、衣食に遊びに、生きていることの喜びを求める著者が機械と科学万能の世の風物に一矢を報い、男の生き方のノウハウを伝える。

ト伝最後の旅　池波正太郎

諸国の剣客との数々の真剣試合に勝利をおさめた剣豪塚原ト伝。武田信玄の招きを受けて甲斐の国を訪れたのは七十一歳の老境に達した春だった。多種多彩な人間を取りあげた時代小説。

戦国と幕末　池波正太郎

戦国時代の最後を飾る数々の英雄、忠臣蔵で末代まで名を残した赤穂義士、男伊達を誇る幡随院長兵衛、そして幕末のアンチ・ヒーロー土方歳三、永倉新八など、ユニークな史観で転換期の男たちの生き方を描く。

賊将　池波正太郎

西南戦争に散った快男児〈人斬り半次郎〉こと桐野利秋を描く表題作ほか、応仁の乱に何ら力を発揮できない足利義政の苦悩を描く「応仁の乱」など、直木賞受賞直前の力作を収録した珠玉短編集。

闇の狩人 (上)(下)　池波正太郎

盗賊の小頭・弥平次は、記憶喪失の浪人・谷川弥太郎を刺客から救う。時は過ぎ、江戸で弥太郎と再会した弥平次は、彼の身を案じ、失った過去を探ろうとする。しかし、二人にはさらなる刺客の魔の手が……。

角川文庫ベストセラー

通りゃんせ　宇江佐真理

25歳のサラリーマン・大森連は小仏峠の滝で気を失い、天明6年の武蔵国青畑村にタイムスリップ。驚きつつも懸命に生き抜こうとする連と村人たちを飢饉が襲い……時代を超えた感動の歴史長編！

口入れ屋おふく 昨日みた夢　宇江佐真理

逐電した夫への未練を断ち切れず、実家の口入れ屋「きまり屋」に出戻ったおふく。働き者で気立てのよいおふくは、駆り出される奉公先で目にする人生模様から、一筋縄ではいかない人の世を学んでいく——。

表御番医師診療禄1 切開　上田秀人

表御番医師として江戸城下で診療を務める矢切良衛。ある日、大老堀田筑前守正俊が若年寄に殺傷される事件が起こり、不審を抱いた良衛は、大目付の松平対馬守と共に解決に乗り出すが……。

表御番医師診療禄2 縫合　上田秀人

表御番医師の矢切良衛は、大老堀田筑前守正俊が斬殺された事件に不審を抱き、真相解明に乗り出すも何者かに襲われてしまう。やがて事件の裏に隠された陰謀が明らかになり……。時代小説シリーズ第二弾！

表御番医師診療禄3 解毒　上田秀人

五代将軍綱吉の膳に毒を盛られるも、未遂に終わる。表御番医師の矢切良衛は事件解決に乗り出すが、それを阻むべく良衛は何者かに襲われてしまう……。書き下ろし時代小説シリーズ、第三弾！

角川文庫ベストセラー

角川文庫ベストセラー

角川文庫ベストセラー

愛姫受難　流想十郎蝴蝶剣

鳥羽亮

目付の家臣が斬殺され、流想十郎は下手人の始末を依頼される。幕閣の要職にある牧田家の姫君の輿入れを妨害する動きとの関連があることを掴んだ想十郎は、居合集団・千島一党との闘いに挑む。シリーズ第5弾。

双鬼の剣　流想十郎蝴蝶剣

鳥羽亮

大川端で遭遇した武士団の斬り合いに、傍観を決め込もうとした想十郎だったが、連れの田崎が劣勢の側に助太刀に入ったことで、藩政改革をめぐる遠江・江島藩の抗争に巻き込まれる。書き下ろしシリーズ第6弾。

蝶と稲妻　流想十郎蝴蝶剣

鳥羽亮

剣の腕を見込まれ、料理屋の用心棒として住み込む剣士・流想十郎には出生の秘密がある。それが、他人との関わりを嫌う理由でもあったが、父・水野忠邦が会いたがっていると聞かされる。想十郎最後の事件。

雲竜　火盗改鬼与力

鳥羽亮

町奉行とは別に置かれた「火付盗賊改方」略称「火盗改」は、その強大な権限と広域の取締りで凶悪犯たちを追い詰めた。与力・雲井竜之介が、5人の密偵を潜らせ事件を追う。書き下ろしシリーズ第1弾！

闇の梟　火盗改鬼与力

鳥羽亮

吉原近くで斬られた男は、火盗改同心・風間の密偵だった。密偵は、死者を出さない手口の「梟党」と呼ばれる盗賊を探っていたが、太刀筋は武士のものと思われた。与力・雲井竜之介が謎に挑む。シリーズ第2弾。

角川文庫ベストセラー

二剣の絆
火盗改父子雲

鳥羽 亮

神田佐久間町の笠屋・美濃屋に男たちが押し入り、あるじの豊造が斬殺された上、娘のお秋が攫われた。火盗改の雲井竜之介の父・孫兵衛は、息子竜之介とともに下手人を追い始めるが……書き下ろし時代長篇。

七人の手練
たそがれ横丁騒動記㈠

鳥羽 亮

年配者が多く〈たそがれ横丁〉とも呼ばれる浅草田原町の紅屋横丁では、難事があると福山泉八郎ら七人が協力して解決し平和を守っている。ある日、横丁の店主に次々と強引な買収話を持ちかける輩が現れて……。

天狗騒動
たそがれ横丁騒動記㈡

鳥羽 亮

浅草で女児が天狗に拐かされる事件が相次ぎたそがれ横丁の下駄屋の娘も攫われた。福山泉八郎ら横丁の面々は天狗に扮した人攫い一味の仕業とみて探索を開始。一味の軽業師を捕らえ組織の全容を暴こうとする。

守勢の太刀
たそがれ横丁騒動記㈢

鳥羽 亮

浅草田原町〈たそがれ横丁〉の長屋に独居し、武士に生まれながら物を売って暮らす阿久津弥十郎。ある日三人の武士に襲われた女人を助けるが、それをきっかけに横丁の面々と共に思わぬ陰謀に巻き込まれ……？

いのち売り候
銭神剣法無頼流

鳥羽 亮

銭神刀三郎は剣術道場の若師匠。専ら刀で斬り合う命懸けの仕事「命屋」で糊口を凌いでいる。旗本の家士と相対死した娘の死に疑問を抱いた父親からの依頼を受け、刀三郎は娘の奉公先の旗本・佐々木家を探り始める。